Thunderbolt Fantasy

東離劍遊紀 外傳

——

殺無生篇

刑亥篇

Kadokawa Fantastic Novels

目錄

殺無生篇

一

鋼與鋼交錯，四散的火花飄散出打鬥的氣味。

這些年來，殺無生的背脊上還是頭一回彷彿被指尖垂直劃過般，淌下一滴汗水。手中的長劍尚未收入劍鞘。他雖然背著雙劍，但方才光是以左手拔出其中一把劍，就已經相當吃力了。

一支彎折卻沒有斷裂的鋼箭落在他的腳邊，不知是從何處飛來的。這裡是室內，門窗也都緊閉著，若是透過窗戶狙擊，或是貫穿門牆射進來，殺無生倒還不至於如此慌亂。

然而它卻是由不知何處的天外疾射而至的。

殺無生也知道射來的箭矢其實乃是兩支而非一支。然而，光是要判斷只有一支箭瞄準自己而來，並馬上將之擊落，實際上就已經相當費力。

剩下的另一箭插在壁上，彷彿還想射殺誰般的震動著。

「你沒事吧，掠？」

「我還以為自己要被嚇死了呢，無生。」

掠風竊塵優雅地叼著一支懸掛四個垂飾、裝飾得相當漂亮的煙管。依他坐在椅子上的模樣，像是看穿了那箭射不中，又像只是來不及動作，至少一點要被嚇死的慌亂都沒有。

確認了掠風竊塵的安全後，殺無生才開始查看周遭。一點動靜都沒有，既沒有出現第三支箭矢的跡象，門外也聽不見任何聲音。他以腳尖踢開掉在腳邊的扭曲箭矢。

「……這是怎麼回事？好像是瞄準我而來的。」

「還有我呢。」

「但你什麼都沒做，箭還是射偏了，我這支可就不是了。」

「所以……有不知道打哪來的傢伙，預謀在大會前射殺大名鼎鼎的劍鬼殺無生？」

「我對自己的名聲還是有自知之明的，想射殺的話明明有其他更適合的人選。」

「……這麼說是沒錯，但你也相當有名啊。」

「是這樣嗎？說起來，我來參加劍技會本來就格格不入。比起暗殺這種事，這裡有不計其數的參賽者更寧願在眾人面前落敗出醜。」

「……但要說只有你被狙擊，也太早下定論了吧？」

「什麼意思？」

「總之你先在休息室裡等著，我去外面看看情況。」

「喂！你身為陪同者，可不能隨便出去走動，開賽後是禁止外出的。」

「這是我該做的，希望你可以交給眾人口中能『沐於月光而不露影跡，踏於雪徑而不留足痕』的我。況且，你也不太適合向他人探聽消息吧。」

「話雖這麼說，但你還是小心點，掠。」

「我知道啦，我又不是想赴死，而且要是讓你失去資格就沒意義了。」

目送掠風竊塵離開休息室後，殺無生終於呼出了一口短氣，將左手的劍收回劍鞘，在桌上坐了下來。

認識掠風竊塵至今已經三年了。起初的半年是互稱「你」、「你這傢伙」；開始稱呼他「掠風竊塵」是一年後；變成「掠」則是最近半年的事。

剛開始跟他同行，就跟以往替幹不法勾當的人擔任保鑣一樣，殺無生只在檯面下發揮自己的劍藝。他獻身劍道、窮極劍術十二年，從懂事以來每日修行劍藝，如今也將繼續獻身劍道，其他事情殺無生既不了解，也不想管。

掠風竊塵乃是聞名江湖的盜賊，最初的委託是由於他在偷東西時總有人妨礙，所以希望有人幫忙應付這類人，甚至代替自己戰鬥。但光是這件委託就一直延長至今，除了對象在遠方是原因之一外，有一部分也是因為找不太到什麼線索，光是查探就過了一年。

這段期間，掠風竊塵照樣支付工資。因為變成了期限契約的受僱方式，比起踢館賺錢還要好賺，又有效率，殺無生也開始覺得這樣不錯，漸漸地跟掠風竊塵熟稔起來。

殺無生本性也有很愛說話的一面，修行時代，只要一談起劍術劍理，他便可以一句接著一句，到了講個不停的程度，足以讓同輩們個個目瞪口呆，所以能有談話的對象，對殺無生來說其實是很可貴的一件事（雖然他本人堅決不承認）。而掠風竊塵在博學多聞這點上也是前所未見，兩人常常徹夜暢談也不覺厭倦。

一直以來，殺無生為試身手，不斷踢館其他流派的道場並殺害道場主人，以此分定高下。雖然當個劍客並非非得擺出一副沉默陰鬱的模樣，但這類人確實容易有這個傾向。比起以往天真地談起「劍道乃是……」的時光，殺無生變得更冷酷陰沉了。

與掠風竊塵同行三年，過程中以保護他之外的理由殺人只有過一次，也只殺一人。相較於以前一年殺上十幾個人，殺無生甚至有種已經金盆洗手的感覺。

旅費與報酬都讓掠風竊塵全包了，因為衣食無虞，殺無生最近突然開始思考起「禮節」這件事。

過去的他一直認為，殺害別人分出高下，是自己一身劍技最理所當然的用途。所謂劍道，說穿了不過只是「如何殺人」這種膚淺愚昧的事罷了，是靠死亡來證明的。殺無生的師父曾說劍道不只如此，儘管殺無生不論再嚴苛的修行都能承受，卻只有這點他無法理解。後來，他與師父斷絕了關係。

若不只有殺人，那還有什麼？要想學習生命的哲學，落髮出家就好了；若想活用所學的知識，還不如去考科舉。劍是只為了殺人而存在的工具——殺無生如此堅信。

他之所以煩心，乃是因為他的劍理在自己心中，某種程度上已經達到了爐火純青。移動、劈砍、擊倒、殺人，劍道若只是這些，那就沒什麼可學的了。唯有不斷挑戰其他流派，而自己也賭上性命來驗證，才是劍的真正用途。雖然也可以找個地方當個士兵，但殺無生明白，他的劍理向來就只是自己一人之物，在團體裡並肩作戰這種方式首先便不適合自己的個性了。

再怎樣都不免流於怠惰，偶爾與實力強勁的對手對戰雖能振奮精神，但馬上又會消沉下去，若發現對方是不怎麼樣的對手，殺無生便會在他自稱劍客前就一劍殺死他。劍道這回事，不過就是死了或被殺，要是想殺對方，自己也可能被殺，如果沒有這種覺悟，乾脆別自稱劍客。只想像得到贏得勝利的自己，也未免太過天真不入流了。

但即使他找到了能讓自己產生幹勁的對手，勝利終究還是他的，死的永遠是對方。

說實話，他已經厭倦這個狀態了。

而他突然對掠風竊塵道出這番實話，約莫是在半年前，他開始稱呼掠風竊塵為「掠」之後的事。他仍以代打保鑣的身分與他同行，反正保護不缺敵人的掠風竊塵，對殺無生來說也是個不錯的消遣，或許是他人生的樂趣已經產生了變化吧。

「……你不打算當個正派劍客嗎？」

兩人在客棧裡對飲。儘管被掠風竊塵這麼一問，但回應殺無生連想都不用想。

「我這副模樣就是個正派劍客。」

「但你的名號可是聲名狼藉地到處流傳哦。」

「沒辦法，畢竟叫做『殺無生』，不管在哪裡、是誰聽到了，都會覺得不正派吧。」

「你父母為什麼給你取這種名字啊？」

「這個嘛……剛出生時的事我都不記得了，而且我是被丟掉的孤兒，也沒有機會問他們。」

「……這還是第一次聽說，真令人好奇呢。」

「說起來，我好像沒講過。」

殺無生隨即指著自己臉上那一大片看起來像眼罩的網狀金屬面飾，投以苦笑地展示給掠風鞦塵看。

「……這東西是撫養我長大的師父，替當初仍是嬰孩的我包紮所留下的。」

「哦？我還以為是為了增添風雅才裝飾的呢。」

「現在雖然已經不需要了，但我還是一直戴著。聽說身為棄嬰的我頭蓋骨裂開，幾乎已經瀕臨死亡，似乎是我的生父把我摔在地上，所以才會裂開的。」

「你命還真大啊。」

「都做到這種程度還死不了，父親也害怕了吧。一般人亂來一次還可以，要再接著做就沒辦法了。苦惱的父親於是把我形容成惡鬼羅剎一類的存在，寫了封請求誅滅的信給當時擁有劍聖盛名的師父，然後把我丟在道場前……雖是這樣說，不過哪一段才是真的我也不清楚，不清楚也無所謂就是了。」

「為什麼你的親生父親要做這種事？」

「這也是聽說的，我的親生家庭似乎相當富裕，不知道是商人還是貴族。我好像是備受期盼的繼承人。但是呢，我誕生的那天，有鳥鳴叫了。」

「鳥？」

「聽說是邪鳥鬼鳥那類不吉利的啼聲，一直唧唧叫個不停。」

「……邪鳥……鬼鳥的鳴叫聲啊，想必很讓人不舒服吧？」

「當我在鳥叫聲中出生時，母親死了。這倒不是什麼罕見的事，但畢竟是顧客，產婆害怕有錢人家藉此苛責自己的失誤，於是把責任都推給助手，吵到最後甚至互相殺了對方。是不是很可笑啊，掠？」

「這鳥也真是會惹麻煩呢。」

「在場好幾人自相殘殺，最後全都死了。聽到騷動而匆匆趕來的父親所看見的，就是在邪鳥鬼鳥不停的鳴啼聲中，全身是血、放聲大哭，還是嬰兒的我，他會失去理智也是情有可原的。」

「你原諒他了嗎？你的父親？」

「誰知道呢。老實說，我一直覺得這件事跟自己沒什麼關係。我從小戴著面飾，到了已經覺得戴著它是理所當然的年紀後，才聽說這個故事，連『此子是叫做殺無生的惡鬼羅剎』的信都看過，只覺得對方從小時候就這麼看得起我，真是可笑。」

一面聊天一面喝酒，話也變得多了。

殺無生越來越搞不清楚自己所說的，哪一段是聽來的、哪一段又是自己想像的。自己的出身如何本來就無所謂，所以他並不曾在意。然而他卻注意到了，自己為何會說出這段過去。

跟掠風竊塵這人說話時，偶爾會有這種彷彿打開錢袋讓人看個精光的感覺，自己現在擁有多少錢，不知不覺間就亮出來了。

「……對了，為什麼會說到這個？」

「從要不要當個正派劍客的話題開始的。」

「叫殺無生這種名字的人還能做什麼呢？我不是也說了，我這副樣子才是所謂的劍客吧。」

「那只是一個答案。再說，我也不是要否定你所領悟的真理。但是很不巧的，你還年輕。」

「這歲數不年輕了吧。」

「不不不，想像你如果可以活到一百歲，無生，接下來你就要一直過著反覆印證這個真理的日子了，這可算不上什麼有意義的人生目標。」

「那也沒辦法。」

「說這什麼話？所謂事物，是根據你怎麼看、怎麼想、怎麼捕捉而改變的。真理的反面也可能隱藏著另一個真理，而兩者都是正確的。該如何做選擇，才是樂趣所在，同時有三、四個選擇的情況也是存在的。」

「……掠，你的想法還真是奇怪。」

「反正都生到這個世界上了，在死亡來臨前探索取悅自己的方法，我認為比較快樂，這點有那麼奇怪嗎？」

「這代表要放棄好不容易找到的真理吧？通常人是沒辦法過得這麼奢侈的。」

「若是你也即將邁入老境，我就不會這麼說了。」

殺無生移開視線，在杯中斟入酒。他有種錯覺，要是繼續跟掠風竊塵四目交接下去，一切都會被他所吸引、掌控，而他並不覺得那樣是危險的。他想，自己能對他敞開心房，一定是因為這份感覺吧。

「……所以呢？你說我要當個正派劍客，又要怎麼當？」

「也是呢。如果先假設來想的話，首先要考慮賺錢的事，畢竟錢不是萬能，但沒錢萬萬不能……不過，錢由我找個地方偷來就沒問題了。」

「用偷來的錢去做的事，哪裡正派了？」

「偷的是我但用的是你，沒問題的。況且世上光被擺著而沒被用到的錢太多了，借點來周轉，也是為了這個世間啊。」

「……什麼歪理？你該不會是醉過頭了吧，掠？」

「你先等等，總之就當作錢是有了。」

「明白了。所以呢？」

「再來，開個道場如何？」

「道場？我來開嗎？」

「沒錯，然後招募弟子、賺取謝禮來生活，偶爾照顧被拋棄的嬰兒。要是有人上門找麻煩，就幫大家驅逐……如何？我認為這也是個正派劍客的樣子。」

「別說傻話了，我開道場是要教些什麼？話說回來，又有誰會想向我求教？」

「教劍理啊，將你如今所領悟到的真理傳授給大家。」

「我可不打算創立宗教。」

「宗教雖然無形，劍理卻是有形。你比任何人懂得更詳細、比任何人更踏實地親身確認並深信不已。將它傳授給眾人，我認為是相當明確的行為，對吧。」

「……掠，你忘了最重要的事。」

「我漏掉什麼了嗎？」

「一個叫做殺無生的男人開的道場，有誰會想來拜師學藝？」

「哦，這件事啊。」

彷彿要說「這只是件小事」般，掠風竊塵微微一笑，他看來沒有喝醉，卻沉醉於說服殺無生的熱忱中。不過這本來就是酒席，想如何說服些什麼，一覺起來後，就會全數被拋諸腦後了。

「名字這種東西，隨便改一個就好啦。」

「就算我隨便改了個名，也沒辦法連別人叫我殺無生都改掉。」

「我有個可以改變的妙計。」

「……趁這個機會我先說清楚，現在回想起來，我發覺你的妙計常常都是我在操勞。」

「不不不，我也一直跟你一樣操勞哦？只是彼此的操心操勞不是能夠比較的，你才會這麼覺得。」

「所以你的妙計是？」

「你頂著殺無生此名，實在太過惡名昭彰了，所以這次只要用不同的名字，做件光榮的事不就得了？如此一來你也能捨棄舊名，甚至可以用另一個名字，從人生另一個面向，來摸索新的真理。」

「新的名字嗎？」

總有股不太對勁的不協調感，殺無生並非沒有察覺到。他認為名字這東西，就算是別名，也不是由自己報上，而是別人隨意稱呼的、沒什麼道理的存在。就只有這點無法稱心如意，才是人生不是嗎？

「……我想過了，無生，你的名字是取自於誕生在邪鳥鬼鳥鳴叫聲中。那接下來的名字，就讓更高貴的鳥鳴叫如何？」

「例如？」

「嗯，像鳳凰這類的？牠可是不常鳴叫的哦。」

「說得好像你聽過一樣。」

「只有一次，牠真的很少鳴叫。然後只有在聽見牠的鳴叫聲時才出劍，這不正是劍客的高雅嗎？」

「我只想苦笑。這話若由我自己說出口，你應該會笑死吧？」

「但很不巧的，這是我說出來的，所以你就不用羞恥了。」

「只在鳳鳴時殺人也算真理嗎？牠不叫時也會有必須拔劍的狀況吧？」

「說這什麼話？若牠不叫，讓牠叫就好了。」

說得倒是輕鬆……自己跟掠風竊塵一定都醉過頭了。殺無生並未對此加以反駁，也沒有放在心上，他再次領悟到了另一個與身為劍客時截然不同的真理：像這樣邊喝著酒、邊跟誰說著不著邊際的話，也很愉快。

鳴鳳決殺。

這個稱號在掠風竊塵的四處宣揚下，漸漸變得膾炙人口。

此後一年多，已經如野火燎原般流傳開來。

二

這場競技，乃是由三十餘名參賽者競爭「劍聖」地位的爭奪戰。

透過循環賽來單純較量劍技，戰勝最多場者，便能毫無顧忌地自認，並接受他人以堪稱劍之頂峰的「劍聖」稱號來稱呼自己。

比賽並未採用傳統上的淘汰賽。

那是由於劍技此物，會受到使劍之人每日不同的狀態、心情，以及時運等因素所左右。

若是淘汰賽，便無法滿足較量劍技的比賽精神了，這是大會舉辦了數百年來一貫秉持的宗旨。

因為基本上是要比較劍技本身，所以有著相當詳細的限制。例如氣勁的使用上，只允許運用在自己身上的內勁，朝對手所發出的外勁則是犯規的，畢竟這不是妖術、魔術的品評會。

雖然有很大的空間取決於評審的判斷，但藉著架招、摔投技或壓制肢體來取勝的話也算犯規。至於劈砍之後接迴旋踢，或在雙劍交鋒之下化招，這種混雜在劍理之中的攻擊雖然被允許，但規定最後必須是以劍來取勝。不過結果也會受到現場狀況與局勢左右，經評審認定後沒問題的、非常曖昧的取勝，偶爾也會發生。

關於最後決定勝敗的方式，基本上只要其中一方表示「認輸」就可以了。但自尊心甚高的劍客們大多不願承認落敗，這也是採用循環賽的一大原因。

也就是讓自己能夠找個台階下。

比方說「今天狀態不好、下次就不一樣了」等藉口便會應運而生。而且實際上，換了對手便代表還有下次，這是為了不讓劍士們平白斷送性命，好讓他們重新累積修行，朝著更高的目標前進，也是大會的用意所在。

儘管如此，一旦碰上無論如何都不願意認輸的情況，便只以生死來決定勝負了。

因為這些人鑽研劍理，就是為了以手中所執之劍殺了對手。

用掠風竊塵的話來說，就是一群「一心求死」的人。

掠風竊塵曾說過他們無可救藥，是一群為了劍技連命都賭上的傻子。就算被不意襲來的箭矢射殺了，也只能心滿意足地接受，因為對他們來說，戰鬥就只有那樣的價值。

現在大會的另一個特點是，比賽時限有整整半天這麼長的時間。過去也有半天下來，雙方都握著劍，一步不動地互相睨視，直到時限結束前一刻，其中一人就這樣暈過去，因而分出勝負的例子。

主辦方認為，這樣才是劍技的鑽研。

若是允許使用外勁，就比較不出劍技本身了。要是得出「既然以外勁就能強行突破，那麼把劍改成長槍、木刀不都一樣嗎？」這樣的結論，「劍技會」的名稱也就名不副實了。

而大會為了提升在劍界的威望，用來彰顯權威的，乃是非凡且牢固的後盾。

也就是「劍聖地位」這個後盾。

得勝者絕對能被認作毫無汙點、享譽天下的劍者。

「……毫無疑問能抹除殺無生這個惡名唷！」

掠風竊塵甚至洋洋得意地對他這麼說，但殺無生只覺得事不關己。直到他猛然回神，才發現自己不知何時已經報名參加了。雖然很想說「開什麼玩笑啊」，但掠風竊塵以一如往常的口吻進行勸誘，使殺無生陷入了自己也同意參加的感覺。

「先說好，我可不會因為贏了就開什麼道場。」

「……但不管你說什麼，世人都會讚揚你的。」

「感覺真噁心。」

「起初都是這樣，馬上就能習慣的。然後，得到新的真理。」

殺無生心中總有種被騙了的感覺，但這不足以讓他視為危險，大抵只是被朋友調侃的那種程度。在地下社會名聲響亮的殺無生，悠然走在世人面前、接受眾人讚賞目光的光景，他光是想像就覺得好笑，只覺得「掠風竊塵一定也會想笑我吧」，又想著「如果這樣他會開心的話，就讓他笑吧」。

那幅令他不舒服的場面，或許會讓他得到什麼收穫——殺無生雖然沒有自覺，這份微小的期待卻潛藏在他心中。他並不是自己想要成為殺無生這個人的，而是被取了這個名字、被這樣養育，才成了這副模樣。他確實曾有過幾個選擇，但無論怎麼選，都不會產生這種改變吧。

是掠風竊塵，指示了自己新的名字與新的生存方式。

這是殺無生自己一人絕對做不到的。正是因為認知到了這點，他縱使沒有明言，心裡卻也感激不已。他認為這是照進自己陰鬱人生的一道光芒。

話雖如此，但一切都要在劍技會上取得勝利才算數。

沒有偷襲、沒有戰略，也沒有外勁，單憑劍技一較高下。

來自東離各地，滿懷自信與真本事的非凡劍客們，萬死不辭地集結於此。殺無生雖然認為自己的劍理毫無破綻，無論與誰交手，都不至於面臨敗退的局面，但也沒有傲慢到將自己吹噓為東離最強劍士。

因此，才有挑戰的意義，格外地有意義。

這是因為在大會數百年的歷史中，如今正上演著一些變化。過去不斷由眾多劍客進行爭奪戰，而被稱為「劍聖會」的比試，如今則稱作「劍英會」。

因為誰也不曾贏過。

過去在這四年一度的大會上，劍聖之位幾乎都由同一人摘下，如今可說是獨屬於他的稱號了。他的敗戰次數隨著年歲增長而減少，最後到了百戰百勝的地步，被稱作永世劍聖。

此人名為鐵笛仙。

他在殺無生出生時就已經是劍聖了，如今依舊如此。所有人都斷言，這個為劍技會歷史帶來改變的人，大概直到壽終正寢那刻為止都會頂著這個頭銜吧。

由於鐵笛仙如今位居審議參賽者的審判團最高位，因此這個由他親手頒下的稱號，誰都無法用劍聖來自稱，不知從何時起，勝者頭銜就變成了「劍英」這個曖昧的名稱。過去曾有兩位參賽者要求親自與鐵笛仙交手，鐵笛仙兩次都答應了，並在翌日一切對決準備就緒之後，漂亮地擊敗了對方，一點因為年老產生的滯鈍都沒有。

劍道的王者，正是這位名為鐵笛仙的男人。

他是殺無生曾經的師父，對劍道理念不同而與他斷絕關係的人。

正因為如此，殺無生才會在這個大會休息室裡。

不是出於傲慢，而是他有信心能成為貨真價實的「舉世無雙」，能成為擁有「最強力量」的劍聖。現在，殺無生敢對那個壟斷此名的人斷言，這也代表了在他的劍理中，這次大會將是一場印證真理的至高試煉。

他回想起以前乳臭未乾地說著「劍道乃是……」的時候。

如今變得如此世故的自己，終於可以再一次向養育自己、教導自己劍技的鐵笛仙提問。能夠證明年少的自己才是對的，這種機會絕非唾手可得。

他陶醉不已、雀躍萬分，但並未掉以輕心，也沒有瞧不起對手。但光是待在休息室裡，連一招都還沒與人交手，殺無生心裡就激昂起來了。

該怎麼辦？

這樣真的好嗎？

我好像會贏呢，好像連那個劍聖都能贏下來。

儘管仍身處休息室裡，殺無生的腦海中卻不禁閃過這樣的念頭，連同一份堅信。

正是因為獻身於劍道十四年，他才能這麼想，才不禁這麼想。

這裡說是休息室，實際上卻是隔離室。

這個競技場原本就是監獄，現在也是，半數以上的參賽者都是被宣判了死罪的極惡之人。因為他們得到了承諾，只要能藉著劍技表現自己明白了禮節，就能減罪一等。

雖說是循環賽，但事前並不會知道接下來的對戰對手，就連有哪些人參加都無人告知，也不能觀察他人的對戰，否則對順序越後面的參賽者就越有利了。劍理這東西，如果除去「氣勁」這個外部要素，終究同是人類做的事，縱使武器不同，但有點程度的劍者若見到了對方的劍理，大概便能看出端倪。

所以不能觀戰。他們全然不知接下來的對手是誰，就這樣被隔離起來。但殺無生對此反而覺得期待，因為看到就不有趣了。一旦到了他這種境界，當兩方正在對峙時，便能看出幾招會結束。

而要是對方與自己對戰，就能用更好的招式盡快終結比試。

他認為未知的比賽比較有趣。

但未知該是局限在某個範圍的。

只不過是待在休息室裡，竟然會被飛來的箭矢射殺，這麼不合常理的事也要有個限度。

殺無生坐在桌上試著思考，但無論如何就是想不出答案。他頂多能想到，或許大會是以偷襲來進行初選，若是對付不了那箭，就沒有資格參加比賽。雖然這麼猜想，但劍技會既然設定比試中有投降空間，沒道理會射出這麼殺氣凌人的箭矢。

殺無生在休息室裡等了好一會。就在他耐不住性子、打算出去的瞬間，彷彿算準這一刻般，掠風竊塵回到了休息室。

「似乎已經比完第二場了。」

掠風竊塵淡淡說道：

「現在離開房間一定會被扣分，甚至會失去資格哦。」

「你該不會被看到了吧？」

「你以為我是誰？」

「對不起……」

察覺自己的話惹得對方有些不高興，殺無生不加思索地老實道了歉，接著不好意思地換了個話題。

「……那，知道是怎麼一回事了嗎，掠？」

「嗯，好像發生了點有意思的事。」

「我覺得你口中的『有意思』常常都伴隨著危險。」

「說這什麼話？倘若我說這大會明明叫做『劍技會』，但竟然有弓手來參加，你也會覺得很有意思吧？」

「弓？為何會有弓手來參加劍技會？」

「誰知道？或許他的弓法曾被當作劍技讚美過也說不定？」

「……然後呢，怎麼了？」

「那人在第一輪的第一場比賽就敗下陣了，理由是不足以成為劍技。」

「這是當然的。」

弓就是弓，不是劍，就算下了再多工夫，弓還是弓。弓手來參加劍技會本身就很奇怪，不管再怎麼鑽漏洞，評審想看的是劍理而非取勝的方式。就連那人怎麼混進來，殺無生都覺得不可思議，敗下陣也是理所當然的。

「……對方好像自稱神箭手，你有什麼印象嗎？」

「這種名字不管是自稱還是被稱呼，我都受不了。」

「但我說的是那個自稱神箭手的蒙面男人。」

「假名吧。」

「這麼說也是，名字是有些誇張。」

「看來他打從一開始就沒有想晉級的意思吧。」

「但話又說回來，那個弓勢可不簡單哦。」

「……敢在這一帶自稱是神箭手的傢伙，到底是何方神聖？」

「嗯……你聽過『銳眼穿楊』這個稱號嗎？」

「聽過但不是很清楚，那弓手好像名叫狩雲霄吧。」

「能夠射出這種程度的箭，應該是那個銳眼穿楊狩雲霄做的吧。」

「啊？」

殺無生突然發出訝異的尖聲，這可是相當罕見的。

可見這件事有多麼出乎他意料之外。

「……為何那個銳眼穿楊不惜用上假名也要參加劍技會？」

「這類細節我就不知道了。」

「所以剛剛的箭又是怎麼回事？」

「總之，聽說他並不服判決。」

「那是當然的。無論是神箭手也好、銳眼穿楊也罷，這些我都不管，但說到底就是個弓手吧？跑到劍技會來搶鋒頭又不服判決，到底在打什麼主意？也太愚蠢了。」

「……被你說到這個份上，我實在很難繼續接下來的話呢。」

「不管聽到什麼，我都不會再吃驚了。」

「據說那個神箭手啊，在被判落敗後喊了一句『你們絲毫不知自己的葬身之地，早已註定』後，一次架上四支箭矢，在誰也來不及阻止的情況下一連射了數回，光是數得出來的，就射了四十支。」

「……就是剛剛的箭？」

「是啊，那絕對是被譽為『隻眼能望千里』的銳眼穿楊才有的絕技。」

「明明無須浪費在這種地方的。」

不過，為了擋開天外突然疾射而來的箭，流淌在他背上的汗水倒也不算白流。畢竟能親身體驗大名鼎鼎的「銳眼穿楊」狩雲霄所射之箭，對殺無生來說可是相當寶貴的經驗。

「……從結果來看，這個房間並不是我的葬身之地呢。」

「但葬身在此地的傢伙，就有好幾個。」

「既然射箭者是銳眼穿楊，被他射中也是難免的吧。」

「死者二十人，傷者也有不少，毫髮無傷的只有幾名。」

「……也太驚人了吧，這裡可是劍技會啊？」

此處聚集了自認通達劍理的人，就算遇上偷襲，有點本領的人應該也應付得來才對。但方才的弓勢足以令殺無生冒出冷汗，能力不足者若因此當場送命，也是不難想像的情況。

「說這什麼話？這場劍技會聚集的都是一些即使失敗被殺，也算一償宿願的人。那群劍士在應付不了那支箭的當下，應該就會認知到自己的不純熟，並接受死亡了吧。」

「總覺得不太合理。」

「這樣你豈不是闖過一關了嗎？」

「雖然是這麼說沒錯……」

「這世上總有不合理的事，就算抱怨也無濟於事，重點是該如何應對、如何準備。如果他們應對的手段是劍，眼下看來，或許可以說是準備不足吧。」

實在是讓人似懂非懂的道理。

但聽掠風竊塵這麼一說，殺無生到底算是有些理解，也被說服了。

「……然後呢，那個不知道是神箭手還是銳眼穿楊的人呢？」

「聽說逃走了。」

「審查會到底在做什麼啊？」

「哎呀，若對方真的是銳眼穿楊，束手無策也是難免的吧。」

「話又說回來，那個神箭手還是銳眼穿楊的傢伙究竟是來做什麼的？真是給人惹麻煩。」

「我不是說過了嗎，這類細節我也不太清楚，或許是看上了獎金還是獎品吧？但可以肯定的是，這次大會得做個相當大的改變了。」

「……改變？照理來說應該要中止吧？」

「四年一度的劍技會，應該沒辦法就這麼中止，何況還是為了莫名其妙的作亂者而中止，這就更說不過去了。」

「但這個死傷人數，大會已經辦不起來了吧？」

「所以才要改變。」

「……具體來說呢？你就別故弄玄虛了。」

「我沒打算故弄玄虛。總之聽說要繼續舉辦。」

「真不敢相信他們還打算繼續舉辦。」

「這是為了面子啦，面子。」

「在這種情況下贏得勝利的人，還能稱作劍聖嗎？」

「沒什麼關係吧？總之就是把這次犯行當作比賽的開場，應付不了那支箭的人本來就不配得到劍聖的稱號。這可以說是比以往都還要嚴格的比賽規定。」

對殺無生個人來說，這場劍技會要改成怎樣都無所謂。

但他心中僅有的一點常識與人性，不斷問著：「這是怎麼一回事？」在參賽者死傷超過半數的情況下，他自然會疑惑，這樣較量劍技還有什麼意義？

「就算真是狩雲霄做的，以他的份量，為何要做出這麼愚蠢的事？」

「所以我才說，或許是看上了獎金或獎品來參加，卻不如預期般順利吧。」

「……話說回來，獎品是什麼？」

「神誨魔械。」

聽到這個答案，就連殺無生也不禁倒抽了一口氣。

神誨魔械——過去由法師、巫師們集結眾力所鍛造而成，空前絕後的諸多魔劍、妖劍、聖劍、邪劍，其由來可追溯到一場稱作「窮暮之戰」的古代大戰。聽說如今僅有少數留存下來，其中大多為贗品，就連魔神攻打人世這種事，也都被當笑話看了。

正因為如此，神誨魔械僅剩下作為寶物的價值。就算是贗品，除非魔神從魔界再度攻打過來，或是退守魔界的魔神反攻人世，否則也沒辦法確認真偽。

「……這麼說來，我記得以前曾看過其中一把。」

「哦？是真的還是贗品？叫什麼名字？」

「叫什麼來著？畢竟是很久以前的事了。」

「這點很重要，不能幫我回想一下嗎？」

被好友這麼一催促，殺無生總算勉強憶起了名字。

早在十幾年前就忘了的名字，也是有可能像昨天的事一樣回想起來。

「……噬劍．裂天痕。」

「這種名字，若是贗品倒不稀奇，不過要是真品就太驚人了。」

「兩者都說得通吧。那是一把只剩空殼的劍，一直擺設在道場裡。」

殺無生見識過那把劍從真品變成贗品的瞬間。

失去力量已久、一直被當成裝飾品的劍，其實仍殘存著能釋放最後一閃的微薄力量——一位在旅途中經過道場的護印師曾經如此評論。他記得是一個自稱丹什麼的男人，身邊一直帶著一個文弱的男孩。

由於眼下已無魔神威脅，光憑僅存的那一閃餘力，都能令人世陷入危險，道場因此舉行了一場解放力量的儀式。幾個道場的得意門生被允許在場，殺無生也是其中一人，所以曾親眼見識過那畫面。

那股力量是雷。

所有旁觀者應該都會這麼說，不是護印師的他們也只能這麼說了。

並非護印師而單純身為劍客者，只有兩人看穿了那是與雷不一樣的存在。

那道雷，是從高聳的遠天上傲然擊落平地的鐵鎚，就算沒被直擊，波及側面的餘雷也能讓人送命，事實上，道場的高徒中，就有兩人當場被擊倒喪命。但殺無生並沒有注意到，以往相互激勵、打鬧、歡笑的同儕們已經失去了兩人，身為師父的鐵笛仙也沒有。

他們倆僅僅只是站在地面上，仰望著天。

他們明白，那道雷並非從天上落下，而是地面向天唾棄般的叛逆雷擊。

地面上的眾人都不安地擔心著倒地身亡的的同袍們，殺無生卻只想著：「你們為何不看向這道雷？」

這裡已經不存在光了。其他人什麼都看不見。只剩下雷擊的餘韻化成黑影，開始衝破白色的天空。

「……你看見什麼？殺無生。」

他聽見了師父的問話。

「我看見巨大的樹木，師父。」

「老朽也看見了。難得我們意見一致啊。」

說到巨大的樹木，就會讓他聯想起師父的身形——那副天下無雙的高大身軀。隨著年歲漸老，彷彿益發抽長的身姿，令他想到古木，且不見一絲凋枯。過去大家曾半是苦笑地說：「要是放任他繼續長下去，不曉得會長到哪裡去？」這話聽在殺無生耳中可一點也不像笑話。

在這場儀式的前一陣子開始，殺無生就因為對劍理的看法而與師父意見不合了。儘管他幾乎一直都是無法反駁的那方，卻認為不能明白的事情終究還是不能明白；無法相信的東西終究還是無法相信，於是頂撞了師父的教誨，自己摸索起自己的道路。

「天、地、人都以不同的角度在看待相同的東西。在天看來，這大概就只是單純的黑漬；從大地來看，才看得出這是樹木。但是啊，殺無生，在人看來，這又是什麼？」

「要怎麼做，才能從一個人的角度來看？」

「說什麼傻話呢？仰著身子向上看就可以了。」

抬頭仰望，從地面往天上延伸的黑影看起來更高大了。這時在殺無生的視線裡，只看得見一道穿破白色天空、擴散開來的黑痕。裂開的天空在他眼前，讓他透徹了「噬劍・裂天痕」這個名字。

然而這卻是擁有此名的神誨魔械最後的一閃。

也是鐵笛仙想教授給他的全部劍理。

以人身突破高遠的天際。當時，巨大的雷鳴成了打碎天空的美麗玉音，神誨魔械的消滅，如同一場奧義的傳授。並非將它封印，而是竭盡它的力量，那瞬間的光景勝過萬人口傳的教誨。

「可別說這份劍術、劍理是無敵的啊，殺無生，一定也有它行不通的對手，甚至它可能只是捨本逐末的方式。但是呢，殺無生，劍說穿了不過就是這樣的存在，即使想找藉口把它裝飾得再光采，它依舊只是用來殺人的道具。如果你光是滿足於抵達這個境界，便只能成為這樣的人。」

師父曾指著那把劍說：「它是個空殼。」雖然不知道它是怎樣擊退魔神的，但劍身上蘊含的力量已經全部散盡，淪落為一把又鈍又難用的平凡刀劍。

以黑墨在白紙上繪出的巨樹。

那就是過往威風的噬劍最後的末路。

它是殺無生所知唯一的神誨魔械。

但他一點也不想得到它，就算那是還留有完全威力的真品也一樣，理由只有一個——其造型過於講究鍛造上的獨特性，若要當作劍來使用，鐵定相當難用。實際上，那已經不是當作劍來使用的東西，要是沒了神仙的力量，就真的只是一般的裝飾品了。

師父究竟想藉由這點傳達些什麼，他實在不明白。

他只覺得那不過是一把已經不能叫做劍，也失去了威力，只能作為裝飾品的寒酸東西；但另一方面，他又想著這或許只是自己個人的價值觀，若是真品的話，應該有很多人想要吧？甚至就算是贋品，可能還是有人想要，畢竟這世間已經沒有魔神了。

因此，殺無生並不覺得四年一度的大會，能夠定期提供神誨魔械的真品。那份獎品大概沒什麼價值，不過徒有形式罷了。而師父以前所拿到的獎品，說是空殼也不為過。

總而言之，在大會贏得勝利並受賜劍聖名諱，這就是劍技會的全部了，無論是誰一定都是這麼想的，是以殺無生才會不解狩雲霄的犯行。莫非這次大會所提供的獎品跟以往不同，是貨真價實的神誨魔械吧？他腦中突然浮現這樣的疑惑。

「……我個人認為，身為劍聖的『鳴鳳決殺』，腰間若能佩上神誨魔械真品，對你也是一樁美事。」

「這是當然的，銳眼穿楊的出現，證明這場劍技會更有贏取的價值了，可以這麼說吧。」

「的確可以這麼說。」

「我的劍乃是天下無雙，我一直如此信仰著。」

「我也認同這點哦，殺無生。」

「聽你這麼一說，我更有把握了，掠。」

「……總之，在現在這種情況下，大會若打算繼續舉行，我認為反而省事。」

「是因為循環賽很麻煩吧，更別說還有三十個人以上。」

「我詢問了主辦方，他們表示本屆大會將要改成淘汰賽。」

「我求之不得。」

「……我呢，無生，希望你能在人生的另一面，找到不同的真理。」

「我知道，我一定會找到的。」

「但對手可是通過了首關試煉，足以以一抵百的強者們。」

「你的意思是我會敗給他們嗎？」

「不，你會贏到最後，成為唯一一個用自己的雙腳站到最後的人，我相信。」

「然後腰間佩上神誨魔械，是嗎？」

「神誨魔械與霸者劍聖最是相配，用來淨化被詛咒的殺無生此人，不也很適合嗎？」

殺無生吐出深長一息。

他想，自己所厭倦的人生或許能有所改變。

這個念頭，讓他正面迎上掠風竊塵的視線，然後以雙臂擁抱住他。他想，在自己從小到大不被愛著的人生中，可以讓他毫不躊躇地稱為好友的，就是掠風竊塵了。此時光是忍住淚水，便已經竭盡他的全力。

「感謝你，掠，我會贏下這次的比賽的。」

「當然了，站到最後的絕對會是你，對此我可是毫不懷疑呢。」

接受殺無生擁抱的掠風竊塵，嘴邊還殘留著煙管散出的紫煙。

而他的左手，一直牢牢握著那把製作精緻的煙管。

三

殺無生實質上第一場比賽的對手，名為殘凶。

直到比賽開始前，對手的姓名、流派都沒有傳出來。儘管被銳眼穿楊射殺得零零落落，大會的宗旨依舊絲毫不退讓。

「……那是誰？」

殺無生看著對手問道。對方頂著一頭無數辮子的髮型。

「好像是玄鬼宗的一員。」

「……那是什麼？」

「是個流派，代表的參賽者就是他吧。」

「玄鬼宗的殘凶嗎？」

相當有實力。

殺無生一眼就判斷出來了，但仍不及自己。不過這也只是從外表推算回去的主觀臆測罷了，這個叫殘凶的傢伙，行動未必不會出乎他意料之外。

按理說，就算不擇手段，參賽者也會盡可能調查各個流派並採取對策，在一聽到流派名稱就馬上知悉其特徵的狀態下才來參賽。但殺無生不喜歡這種做法，向來都是如此，今後也會一以貫之吧。畢竟拙劣的猜測，極有可能會讓自己送命。

透過親眼一見進行判斷，並在一招都還沒交手的情況下看透對方。

這才是殺無生的實戰，也因此他心情格外激動。

以往，這份激動總會變成失望，他希望這次不一樣。

「……這個玄鬼宗的殘凶應該滿能打的。」

「畢竟他也是代表一個劍派而站在這裡的。」

「嗯。」

殺無生將手抵在下巴上思考。這裡是競技場，是沒有高低差、蓋得平平整整的一塊圓形場地，高大的城壁包圍住四周，城壁裡建有休息室。

參賽者在這裡較量劍技，然後會有一方落敗。自己會輸嗎？殺無生暗自想著，不過這份假設隨即便在心裡消散無蹤了。

「掠，我是天下無雙的，對吧？」

他不斷對自己說，也聽別人對自己說，這使殺無生覺得自己的實力又增強了一分。從以前獨自四處挑戰道館時開始，他就養成了這個習慣，只要讓自己聽了這些驕矜自喜的話，內心就能沉靜下來。

「我敢保證你是。」

「……你這麼說我就安心了，也更有把握了。」

從可靠的好友口中說出的話，讓他更加篤定。

就算來自別人的肯定並非冷靜客觀的評價，而是單純的鼓勵，他的內心也會豁然明朗，更加堅定自信，這三年來他才察覺到這件事。

銅鑼敲響，揭開了比賽。殺無生與殘凶逐步走近彼此。距離還很遠，誰都沒有拔劍。

「無生。」

「什麼事？」

「像根柔軟的柳枝一樣導開攻擊，讓對方先出手吧。」

「掠。」

「什麼事？」

「你的建議常常都太曖昧了，靠不住。」

殺無生一笑置之地說著，早殘凶一步走到競技場中央，沒擺出什麼柔軟或剛硬的姿態。掠風竊塵的建議，殺無生只當是個不懂劍的人所說的玩笑，一眨眼就忘了。在劍的對峙中，無須言語。

殺無生以左手拔出背上的一支劍。

殘凶則把右手藏在背後。

若是暗殺，殺無生一定能取下殘凶的首級。誰都有疏忽大意的時候，只要抓準時機，不管對方是誰，都可以趁其不備取下人頭。但這是面對面的正經對決，是彼此都使出全力的對峙。

殘凶的右手縮藏在背後，左手握著劍。

藏起了右手，只剩半身的殘凶將劍高舉於頂。最好的應對方式是雙手各握著劍，但殺無生仍有所保留，只以左手執劍之姿，繼續逼近殘凶。彼此距離已近得足以數出對方的睫毛。

「……你不會讓我失望吧？玄鬼宗的殘凶。」

兩人距離近得連低語都聽得一清二楚，只是劍鋒還碰不到彼此。

「我等乃是將此身奉獻給劍，將此命交託給魔主之輩。」

殘凶的聲音掠過殺無生耳畔。

「頂著一門一宗的名號站在這裡的我，不會讓你感到無趣的。」

「是嗎，那太好了。我乃殺無生，流派已經忘了。」

「殺無生……這個名字我聽過很多次。我也知道只要能殺了你，自己便算得上是個英雄好漢了。」

「真是不巧，我從今天起要捨棄殺無生此名了。」

「哦？那你之後要叫做什麼？」

「鳴鳳決殺！」

殺無生左手執劍朝前砍去。他先出手了，無視掠風竊塵給他的建議，搶先一口氣衝入戰圈。他覺得去猜想殘凶把右手藏在背後究竟有什麼花招，不過是白費時間，無論對方耍什麼技倆，只要搶得先機、先發制人，來個必殺一擊就夠了。

聽不見鳳鳥的鳴聲。

鳳鳥不鳴的話，就由他讓來牠鳴叫好了。

只要以劍尖刺入鳳凰的尾部，不管牠願不願意都會鳴叫，所以要先發制人。而先發制人帶來的，將是殺無生的完全勝利。

但這個叫殘凶的男人也不是省油的燈。

他畢竟是代表了一門一派而站在此處的。

殺無生左手執劍一個橫砍，他同樣以左手的劍擋下，並導開了攻擊。

鋼與鋼彼此碰撞、彼此敲響，火花的氣味比起煙塵更尖銳地刺入兩人的鼻孔。

一模一樣。

殺無生如此想著。與擊落銳眼穿楊箭矢的瞬間感覺一模一樣，這樣一來，勝利毫無疑問的將屬於自己。唯一讓他在意的，只有殘凶藏在背後的右手。但只要不理它，不斷壓制再壓制、追擊再追擊，就沒問題了。

殺無生以左手連出三招。殘凶雖然全躲開了，但也往後退了一步。

就用這個氣勢突破到底吧！

我的名字將不再是殺無生。

而是鳴鳳決殺！

為了打響好友所賜予自己的名號，殺無生左手的劍不斷攻向殘凶。就算對方能順利躲開，殺無生心裡也早就篤定殘凶將會落敗。他甚至心想：「你這種人竟然也敢站在我面前？這裡可是只有被選中者才能站上來的劍技會會場。殘凶的對手若是別人就算了，但要執劍站在我鳴鳳決殺面前，我絕不允許。」

就在即將決定勝敗的一擊被殘凶躲開的瞬間，殺無生想起了掠風竊塵的建議。

保持柳枝般的姿態迎擊。

殺無生心裡開始疑惑。觀殘凶如今舉止，彷彿對方才是得到這個建議的人，這個疑惑讓他在連擊的攻勢中放慢下來。

殘凶露出了藏起的右手。

殺無生無視他的動作，一劍橫掃。由於他太過警戒那隻右手，劍尖雖然搆到了，卻砍得太淺，沒有割到他的頸子，只在他臉上像手指劃過般留下了一橫傷痕。

緊接著，殘凶的右拳重擊殺無生腹部，將他打飛。

殺無生切身感受到自己身上受了一擊，這還是多年來頭一回。儘管他並沒有被這一拳打得起不了身，但那確實是力勁飽滿的一拳，比起被毆打，他方才的感覺更像是被彈開。對殺無生來說，這內勁確實不差，所以才被殘凶乘隙而入，給了對方這個機會。

小看他了……被狠狠擺了一道。他不由得苦笑著自己的大意。

殘凶左手的劍向殺無生探來。

他看見殘凶滿臉鮮血，自己則毫髮無傷。殘凶的鼻骨及臉部都被橫向割出傷口，殺無生一邊掌握著眼前狀況，然後心裡想像著對遠方的掠風竊塵說：「我很明白狀況，所以不要擔心」。

他很明白。

殺無生已經完全掌握了殘凶的劍法。

雖然有點小看了對方，但也僅只於此，自己數得出來的失誤不過只有一兩處。

銳利突刺出的劍上，立著殺無生的腳尖。殺無生於空中迴旋舞轉了一圈後，在劍上展現了完美的落地。

「殘凶。」

只有對對手心懷敬意時，殺無生才會直呼他的名。

「很可惜，再三招就要結束了。」

「開什麼玩笑！」

「你看不出來嗎？看不出來的話，就是你太不成火候了，讓我來教教你劍理吧。」

「我一直在魔主身邊磨練這身劍藝，竟然被你說不成火候，還要向你求教，豈有此理！」

自劍上一蹬躍下的殺無生，馬上放出第一招，接著追擊第二招。

「我可不知道什麼魔主。殘凶，以誰為師，就要殺了誰，若你不這麼想，便一輩子都超越不了師父。就是因為你沒有這個念頭，我才會說你不成火候。」

「住嘴！」

「單憑言語上的交鋒把對方逼到絕境，我的好友可是教了我不少啊。」

殺無生唇畔自然而然地浮出微笑。

他能贏！確保勝利的一劍從空中劈下，這劍足以把殘凶的頭蓋骨剖成兩半。

殺無生翻轉身子，飛舞般的劍勢從天靈劈落，此時，彼此的位置宛如反轉了。殺無生的身軀在空中往下砍，從對方看來，雖是自頭頂而至；然而由己方看去，卻是朝天的一斬。

這是殺無生學過的一式劍法，叫做「玄天琅音」。這上天降罰的一劍，宛如一道雷擊，出招者雙足不落地，將此身交付給天，藉著空中迴旋翻轉的力道，一刀把對手迎頭砍成兩半。而殘凶竟敢對抗這道天雷。

有實力——作此判斷的殺無生並沒有看錯。他這輩子遇過能對抗玄天琅音這一式的人，五根手指頭都數得出來。

這寥寥無幾的人之中，又多了一個。

就是殘凶。

有實力，又具盛名。然而殺無生的注意力，早已落到有這種程度的男人所敬畏的魔主身上。

「……魔主的教誨絕對不會有錯！」

殘凶大喊一聲，阻擋住由上逼來的致命一擊，亦即是殺無生所預告要終結一切的第三招。為了橫劍格擋殺無生劈落的一擊，他不只以左手握住刀柄，更不得不以右手抓住刀身。

無須說明，他的右手早已因抓住刀身而滲流出血來。

殺無生使出極致之力，灌注於劍身上。他沒道理在此退卻，只要竭盡全力壓制下去，就能結束一切，他也認為應該這樣做。殘凶臉上沾滿了血，眼睛下方被割出一道傷口，但並非影響視線的傷。

殘凶還能戰。

所以這第三招，殺無生更想用盡全力，必須結束一切。畢竟實力的差距，偶爾也會因為齒輪咬合的差錯而被輕易顛覆，殺無生曾切身體驗過。

殘凶以雙手握住刀身，抵擋玄天琅音劍式中，左手由上而下的拔劍突擊。

殺無生將右手伸向身後所背著的另一把劍。殘凶用上雙手的力量，勉強抵住了殺無生以單手施力的劍式，若要攻克他，只需以空著的右手拔出鞘中的劍就可以了。對方已無餘裕再抵抗另一把劍。雖然比預估多了一招，但終結就是終結，殘凶再也沒有逆轉的機會。殺無生左手所凝聚的勁勢不會給他機會逆轉。殺了他，結束這一切，就跟以往一樣。這個名為殺無生的凶神惡煞，將會名副其實地殺了對手，與他對戰的人，沒有一個能存活下來。

但是如此一來……

殺無生心中產生了這個遲疑，凝聚於左手的力量不自覺鬆懈了下來。

在牢牢壓制住殘凶的劍勢中，出現了一絲空隙。

我不就是想改變自己，也從好友掠風竊塵那裡得到了改變的機會，才會來到這裡的嗎？要是就這麼殺害了這個代表某流派、叫做殘凶的人，我不就跟以前沒什麼兩樣嗎？殺無生的心中突然湧現一股不協調感。

「殺無生……不，鳴鳳決殺，我有話要說。」

「……既是臨終的遺言，一聽又何妨呢？」

「不，不是的。你或許不情願，但我想『投降』。」

「太可笑了吧，殘凶，現在要是認輸，便沒有下一場了，你只能被淘汰。」

「我知道，我寧可接受這份屈辱。」

「殘凶，我承認你有一定的實力，這樣的你為何願意接受如此屈辱？」

殘囚轉過臉，注視著抓住刀身的右手，手上有一道很深的傷口，並非刀劍造成，而是箭矢所傷。

「……銳眼穿楊的箭嗎？」

「我沒能擋下，傷了右手，藏在背後並不是有什麼圈套，只是一面隱藏傷勢，一面讓你疑心的苦肉計。沒想到從第一招起，你就一招比一招快地攻過來。想來，我在一開始就輸了。」

殘囚這番話也有可能是陷阱。

殺無生並沒有鬆懈，反而在聽了他的苦衷後，更加重左手力道，繼續往下壓制。殘囚跪下了單膝。殺了他，右手不需拔劍，也能砍下去。

「……我認輸，殺無生。」

「這樣好嗎，殘囚？」

「我的右手不在萬全狀態，就算與人交戰，也會送命。但這不是我所滿意的下場，縱使落敗，也要在找不到任何藉口的狀態下落敗……你明白嗎？殺無生。不明白的話就算了，就這樣斬殺我吧。」

勝敗已定。

這個叫殘凶的傢伙，不可能再有戰勝殺無生的機會。殘凶表態投降，面對這種提議，以前的殺無生只會嗤之以鼻，然後無視地殺了對方。但殺無生希望自己不再是殺無生，而是成為鳴鳳決殺，重獲新生。

「叫吧！朝著全天下人、朝著天涯海角，大聲宣揚自己的失敗吧！」

「我不在乎，但這樣你就能接受了嗎？」

「我是憑劍技勝利的，就算面對負傷的對手也一樣。本來無論在什麼時候、什麼狀態下，都會遇上戰鬥並分出勝負。假設是我負傷並因此戰敗了，我會接受這一切；同樣的，我在這種情況下也會接受勝利。」

殘凶臉上浮現笑容，那是嘲弄自己的笑、是自虐的笑。

「……我原本也是用雙刀，跟你一樣，鳴鳳決殺。」

「哦？真希望哪天能有機會拜見。」

「那麼，我就先在此退出比賽了。沒能讓你對我使出雙劍，真是遺憾。」

這裡不是拚個你死我活的地方，而是較量劍技之地。

這無疑是殺無生曾經身處的世界，也是近幾年來他所遺忘的世界。

在殘凶高聲呼出自己投降的前幾刻，殺無生收了劍。別說這幾年，就連以前在練習場上，都不可能見到這種情景。不過即使殘凶此時出其不意地偷襲而來，殺無生也有辦法應付吧。

在大會宣告勝者為「鳴鳳決殺」時，殺無生的臉頰微微動了，雖然只有一下子，但方才的他確實笑了。他感覺到殺無生這個被詛咒的名字，哪怕只有一點點，自己也確實將它抹除了，他的笑容，是純粹的歡喜。

但是還不夠，要真正擺脫這個名字仍得花上時間，他相當明白這點。不過在喜悅中稍稍陶醉一下應該也沒關係吧。

現場沒有祝福與歡呼，這並不是什麼表演，也沒有觀眾，畢竟這裡不是那樣的舞台。殺無生本來對這些並不感興趣，但腦海中還是閃過了想聽聽掌聲的念頭。自己不再只是眾人避之唯恐不及的殺無生，而是受人景仰、歡迎的鳴鳳決殺，他不禁想像著這種可能性。

掠風竊塵正在等著他。

「……距離你口中的『正派』是不是稍微接近了一點呢？」

「幹得漂亮！但是我提醒過你，要像柳一樣吧？」

「就算是柳樹，樹幹也是又硬又粗的。而且我在收劍時有點緊張，我開始發現『只要殺了對方就能安心』，或許也是一種怯懦的表現。」

「迂腐的禮節只是傲慢，而你所表現的禮節，恰恰是氣度。」

「但不管怎麼說，這麼做倒是挺刺激的。」

劍鋒交錯，卻沒有人喪命——對某些人來說，這或許是理所當然的事。但殺無生過去一直處在完全相反的價值觀與人生中窮究他的劍道，並因此領悟了一個真理。如今，殺無生認為自己又將再度得到一個不同的真理。

一個若沒有掠風竊塵，自己大概永遠追尋不到的真理。

與這個男人同行之後才發現的答案，宛如寒空下生起的篝火，雖然目前仍只是散著裊裊薄煙的小小火種，但他相信，總有一天它會成為足以焚盡殺無生此名的熊熊大火。

他居然相信了。

四

掠風竊塵以右手指尖玩轉著鋼矢。

被殺無生所擊落的箭雖然丟棄了，但插在壁上的那支就一直這麼放著。回到休息室後，在牆邊開始抽起煙管的掠風竊塵忽然想把玩些什麼，於是以右手拔起了壁上的箭。

看見這幕，殺無生有點驚嘆。

「……掠，你的臂力還滿大的嘛。」

「哪裡，其實沒用什麼力。這東西跟鎖頭一樣，用蠻力來撬開鎖可不是盜賊該做的事，熟練的話，簡簡單單就能拔出來了。」

用力的話倒也不是拔不出來，雖說是鋼鐵所製，但比起來讓這箭矢插入石壁才是比較困難的。而要將它拔出來，大概就像掠風竊塵所說的，其中有些訣竅吧。殺無生想，換作是自己，大概想都不想就會直接用蠻力把它硬拔出來了。

但這樣一來，箭矢就會彎折了，至少不能用來再射一次。

殺無生望眼看去，發現掠風竊塵所拔出的箭矢完全沒有一點彎折。儘管將這箭貫入壁中的銳眼穿楊功夫的確了得，但能完全不折損箭矢就將它拔出的掠風竊塵，手法之精巧同樣絕非尋常。

鋼矢在他的指尖來回轉動，也絲毫不見傾斜。

「……這種箭矢突然射進來，現在回想起來還是很嚇人啊。」

「你即將成為聞名天下的鳴鳳決殺，現在竟然會怕一支箭？」

「我很清楚那支箭相當危險，但倒不至於要抱頭鼠竄就是了。」

「假設哪天得對上這種箭的話呢？」

「你是說像銳眼穿楊這樣的對手嗎？那就先把距離縮短吧。」

那是足以射穿千里的箭矢，離得越遠一定越不利，對方只要能繼續保持距離，就稱得上是無人能敵了。

「但他的連射可是讓人近不了身的。實際上，還沒人來得及阻止，他就射了四十支箭，我想連要靠近都很難吧。」

「可以用流星步。」

「原來如此。」

使用內力進行高速移動的方式，稱作流星步，發招時看起來就像成了一道流星的光芒，一步接著一步，在瞬間內腳步就能移動到好幾里外。這一步可是流星步的基礎，也是流星步的極致，要大幅度地移動沒有問題，但若要小幅度地接近則不太容易。

要以流星步奔馳千里，只要調息跟得上就能做到。

但若只打算移動一尺，卻是極度困難的事。

因為這是讓人用在瞬間跨越長距離的方法，就連自認已經爐火純青的殺無生想以流星步踏出一步，都有可能不小心飛越這個劍技會會場。但若在距離越長，對手越有優勢的情況下，便有使用流星步的價值。

其他對抗銳眼穿楊的手段，殺無生想不到。

「……但是，我想不到自己有什麼機會對上銳眼穿楊。」

「你變得溫和許多了呢，無生。」

「什麼意思？」

「你可是被那箭瞄準了哦。朝我射來的那支因為剛好射偏了，放過對方也無妨；但你該不會忘了應該要報那一箭之仇吧？」

「嗯……說實話，我忘了。」

「真是的，你啊，永遠只看得到眼前的事，一專心起來就看不見別的了。」

「計謀什麼的，不符合我的個性。」

「這不叫計謀吧。」

掠風竊塵訝異地從口中吐散出紫煙，右手仍把玩著鋼矢。

若是平時走在路上卻無故被狙擊，殺無生當然不會放過對方，但他這時的心思全在劍技會上了。如掠風竊塵所言，殺無生只要開始思考一件事，就會忘了其他事，這是他的習性；

更正確地來說，他的專注力從沒有分散過。正因為如此，他的劍藝才能這麼高超吧。

「反正被狙擊的不只我一個人，劍技會本身也被搞得亂七八糟，在輪到我操心之前，主辦者們就會賭上顏面去追捕銳眼穿楊了才對。所以我被箭矢狙擊的事，就忘了吧。」

第一輪戰敗後，為了洩憤而狙擊所有參賽者，這件事聽起來雖然荒唐，但應該不可能再發生第二次了。況且劍技會的主辦單位也不是廢物，更不是一群尸位素餐的飯桶。

雖然不知道銳眼穿楊會有什麼下場，但至少不會再到這裡來了。

就算他真的來了，而且再做出一樣的事，殺無生有自信這次一定可以滴汗不流地擊落他的箭。第一次遭遇時雖然覺得難纏，但第二次的話，他一定應付得了。

「……不過對方應該也知道自己是聞名武林的弓箭高手，我不認為他不會預先準備近距離的戰鬥方式。」

「你會不會太執著於這個話題了，掠？」

「哪會，這種話題不是很有趣嗎？而且也未必不會遇到。」

「我又不是要對上弓箭，不把心思放在拿劍的對手上可不行。」

「聽你說成這樣，我做了什麼壞事嗎？」

「像你這種不拿劍的人才能輕鬆說出這種話。你自己也用用劍吧，不然我若開了道場，你也可以來當我的首席弟子。」

「……就算不奉上謝禮，你也願意教我嗎？鳴鳳師父。」

「不，想到要被你這麼叫，我就不想收你為徒了。」

儘管仍有餘裕開玩笑，但殺無生並不打算毫無準備，到了場上再臨機發揮。他看起來雖然放鬆，但全身肌肉反而繃得很緊，幾乎要軋軋作響。接下來的對手是誰，他當然也不知道。

不只如此，哪個流派的誰，或是江湖上以武藝自矜的那些人之中有多少人活下來、多少人繼續參加，這些消息甚至都沒有傳出來。大會本來預計要打上一個月的循環賽，但眼下只要戰況沒有過於陷入膠著，恐怕在日落之前就能結束賽事了。殺無生雖然不懂到了這種地步還要執著於什麼規則，但他終究只是個參賽者，臨時制定的規定仍舊是規定，必須遵守。

得在這種情況下做好準備才行。且他假設留下來的對手裡，不會再有人帶著弓來。

複習一次方才跟殘凶的一戰，反而有用多了。對方巧妙利用了右手不能用的狀況，戰鬥中的直覺也很靈敏，若他能靈活運用雙手，反而容易對付也說不定。

殘凶說他來自玄鬼宗，是眾多流派中的一個吧。

那是使用雙刀的流派嗎？還是只有殘凶的武器是雙刀？有些以修習外勁為主的流派，劍的形體常常只是做做樣子，就算同門同派，所用的武器不同也不是什麼很罕見的事，也因此大會才會禁止使用外勁。

不過是同為人類所使出的劍技，只要自身具備堪稱真理的技藝，便足以應付對手，也能預測對手攻勢，除非對方長了九隻手臂，或者下半身是馬，這當然另當別論。但倒也不能純粹當作笑話來看，畢竟連弓箭都來參加了，儘管毫無道理，但殺無生也認了。

再說魔族、妖族一類也未必不會混進來。不過外表與人類相異的對手，根本上來說動作就不一樣了，若按照計畫擺出備戰姿態，反而會讓自己吃鱉，那種時候還不如什麼都別想。

殺無生反覆再反覆地在腦海裡反芻著各式各樣的情況。

氣力變得充足，心情也高昂了起來。說到底，殺無生還是喜歡劍技的。而能讓他完全發揮劍技的所在，就是這裡。

掠風竊塵百無聊賴地在牆邊抽著煙管，手中還把玩著箭矢，偶爾假裝要用手中的箭丟向殺無生，想找機會跟他說話。殺無生只有思考到一個段落時才會回應，露出有點被嚇到的表情。

「……掠，說實話，我很感謝你。」

「這種話等獲得優勝後再說比較有氣氛吧。」

「不，我開始認為就算最後沒有得到優勝，這樣也已經很好了，甚至覺得要是無論如何都贏不了對方，認輸也無妨。這樣一來，既沒有人送命，又能再繼續修行，倒也不失為一件好事。」

「才一戰就讓你領悟了這麼多嗎？」

「不，我只是想起了小時候的訓練，可以說是找回初衷了吧。」

「曾經說出『挑戰道館才是劍客該為之事』的那張嘴，居然會講出這種話，真是難以置信啊。」

「大概是因為挑戰道館賺不了什麼錢吧，畢竟只要牽涉到金錢跟人情，什麼都會走樣。其實我還是一直覺得，我若要繼續當個劍客，大概只能替人做事，或是受雇殺人。」

「所以我說開個道場不就好了嘛。」

「這不會太早嗎？就算得到優勝、被人稱作劍聖也一樣，開了道場不就等於退隱了嗎？」

「那你打算做什麼？無生。」

「我想暫時繼續當你的保鑣再一面思考，掠。」

「你還打算靠著我的錢袋混日子啊？」

「哪有，如果得到優勝，旅費就暫時不用麻煩你了。」

「什麼嘛，我還以為你一定會把獎金送給我呢。」

「你想要的話，也不是不能給，畢竟受了你這麼多的照顧。」

「不過真要說起來，我比較想得到一把神誨魔械就是了。」

「你？那可是劍客在拿的。」

「那你要把你那雙劍的其中一把換掉嗎？」

「這樣就不成對了。要是哪天開了道場，神誨魔械很適合用來當擺飾吧。」

「你拿到的多半是分不清真偽的東西哦。」

「沒關係，反正只是擺飾，我要用的只有這對雙劍。」

「……這樣平白多了一件行李，路上該怎麼辦吶。」

「不好意思，我會自己照料的。」

「喂喂，別給我把神誨魔械當作撿回來的貓貓狗狗一樣，那要是賣出去，可是能賺一大筆錢呢！想要它的奇珍愛好者可多著了，其中有些人家裡的黃金可是多到人手都搬不了的。」

就算這麼形容，殺無生還是無法想像。他對錢的感覺很不敏銳，儘管沒有經歷過奢華的日子，卻也不曾太過貧窮，偶爾還會有人因為太害怕他而給他一大筆錢，因而更加深了這份遲鈍。

殺無生確實也有不食人間煙火的一面。

想要以劍立身之輩多少都是這種人，至於不歸類於此輩者，若不是過著被稱作「師父」的人生，就是淪為令人聞風喪膽的盜賊。所幸殺無生兩者皆非，他雖然會挑戰並殺害所遇到的對手，但不曾翻找屍體身上的錢袋。儘管如此，他的名號仍是伴隨著畏懼為人所知。

他沒有想過要洗刷汙名，說起來，他也不覺得這是個汙名。自己的名字其實是個散發著危險氛圍的文字組合，殺無生對此的反應顯得相當遲鈍，是掠風竊塵讓他重新意識到這件事的。

「……話說回來，掠，你沒想過要金盆洗手、不再當盜賊嗎？」

「這是要回敬我嗎？饒了我吧，盜賊跟劍客不一樣，又沒什麼獲得名譽的機會。再說了，一旦有人叫你放下劍、腳踏實地工作，你就會做嗎？這是一樣的道理啦，一樣的。」

「但是歲數大了之後，手指總有一天也會鈍的吧。」

「這點你也一樣啊。」

「這麼說確實也是。但你人生的目的究竟是什麼？我真是越來越不懂了。」

「讓我繼續生存下去的目標與樂趣不過是剎那的存在罷了，畢竟只有闖過一關又一關能使我覺得快樂。」

「然後破解誰的金庫，偷走裡面的東西。」

「撬開別人的鎖，偷窺裡面的東西，很有趣哦。」

「雖然我不太懂，但只要你覺得開心就好。聽了你的話之後，我忽然覺得挑戰道館不那麼有趣了，所以才會來到這裡，沒想到至今為止都還挺開心的。」

「別用過去式嘛，不是還有好幾場要比嗎？也還沒獲得優勝。」

「這樣也很有樂趣啊。」

「要是你覺得有趣，當初說服你也算是值得了。」

掠風竊塵以右手旋轉著鋼矢，發出聲音，再度做出要丟向殺無生的動作。殺無生覺得他又來了，未加理會，沒想到這次真的丟了過來。雖然投擲的弧線是像山一般的彎弧，但刃器畢竟還是刃器，對於正在準備比賽的人，就算想開玩笑也該知道分寸。殺無生正準備好好對掠風竊塵說個教，輕鬆地用左手接住箭矢，卻頓時啞口無言。

箭已經不是箭了。殺無生明明看到丟過來的是鋼做的箭矢，然而左手所抓著的，卻是一把竹子做的橫笛。

掠風竊塵替煙管重新換上菸草。

殺無生凝視著左手掌中的橫笛。

「我只是想讓你見識見識以盜賊為生的樂趣之一啊。」

「……什麼時候變的？」

「完全看不出來是怎麼變的。」

「要是讓你看出來了，我的飯碗就要不保了。」

「要把箭變成笛子，不是連材質都不一樣嗎？」

「我光是看著你那張訝異的臉就覺得愉悅，這就是我的生存之道，反正你看起來有點心煩意亂，我也閒著沒事。不知道能不能聽你用那支笛子吹奏一曲呢，鳴鳳師父？」

殺無生確實懂音律，是作為劍道修行的一環所學的。師父曾說，樂曲跟劍的步法是相似的東西，節拍的掌握是一樣的，步法節奏若能與打動人心的精湛樂曲相合，手中的劍自然能夠貫穿對手的胸膛。

這是師父過去的教誨。

確實如師父所言。但殺無生不確定自己是否曾告訴過掠風竊塵他懂得音樂，可能是喝醉的時候順口說的吧？至少跟掠風竊塵相處的這三年內，他不記得自己演奏過任何樂曲。

殺無生盯著那把橫笛看了一會。

「……應該不是粗糙的二流品吧?我可是很挑樂器的。」

「畢竟是一流弓手射出的一流箭矢所製造出來的,要是變成了連二流都不如的東西,就代表我的鑽研還遠遠不足了吧?」

「試試看吧。」

「請務必一試。」

殺無生將橫笛放到嘴邊,將吐息注入,接著又吸了進來。氣息的運用也與劍技有異曲同工之妙,笛子在這點上尤其顯著,與劍的好壞一樣,殺無生也能馬上看出笛子的好壞。

尤其殺無生所師從的流派,把音樂看得跟劍術的鍛練同樣重要,要他們學習旋律、音階和音程,讓人不禁懷疑是打算讓弟子們成為樂者嗎?而只有在注意到這些與劍理相通時,才算是學到了一點本領,相當不可思議。

這個一流贗品發出了美妙的音色。

殺無生只是吹奏了一拍,便覺得要被自己吹出的音色給奪去心神。

那是能竄入人心空隙的音色,美妙的同時也很危險。

這把魔性之笛所奏出的音色,足以讓聽者鬆懈、沉醉,變得毫無防備,任由音律操弄,隨之起舞，但這也正是它身為一流樂器的證明。雖然俗話說「善書者不挑筆」，但最後大家還是會講究筆的品質，並非任何一枝筆都可以。而這把笛子無疑是與能手相配的逸品，是掠風竊塵用鋼矢製作而成的，甚至完全沒讓殺無生察覺，就交到了他的手上。

殺無生應該要為此感到恐懼。

然而，他生來就與恐懼無緣，從不知恐懼為何物。

殺無生陶醉其中，渾然不知他所奏出的樂音乃是死亡的舞曲。掠風竊塵對此似乎極為歡快，一面相當享受地抽著更換過菸草的煙管，一面心滿意足地望著這樣的殺無生。

五

第二戰、第三戰，殺無生都穩妥地取得了勝利。

兩戰的對手皆不如殘凶。晉級上來的人居然比右手被箭矢射穿的殘凶還不如，本身就已經夠不可思議了，且兩人的動作遲緩，更看不出能擊落銳眼穿楊的箭矢，只能解釋為這兩人不過是剛好都沒被射中罷了。

殺無生甚至心想，一開始就先對上殘凶實在是太好了。雖然他敢說殘凶比不上自己，自己的實力凌駕在他之上，但殘凶確實是名好手。而第二戰、第三戰，殺無生都自己收了劍，並沒有奪走對手的性命。

若是以往，他會覺得連殺都不殺，應該是很瞧不起對方的行為吧。

但現在的殺無生已經不是以前的他了。

接受對手的認輸，精益求精後再次挑戰就好了——他已經達到了這樣的心境。這種高手名家的心境不只與「鳴鳳決殺」此名最是相襯，也讓他感覺稍微擺脫了「殺無生」這個被詛咒的名字。

殺無生在那裡看見了光明。

在充斥著濃稠血色的黑暗人生中，突然照進一道眩目光芒。

他深信此時此地，便是能改變他生來只伴隨著邪鳥、鬼鳥嘈嘈鳴叫的人生轉機。在這裡、在這個場合、在這次的大會上，他就能夠捨棄「殺無生」這個名字，重獲新生。

至於之後打算做些什麼，他連想都沒有想過。

他單純只想以鳴鳳決殺而非殺無生的身分，待在掠風竊塵身旁。他是替殺無生黑暗又血腥的人生中帶來唯一一道光輝的朋友，因此殺無生從不吝惜對他的感謝。

上天賦予殺無生此身此命，讓他殺了母親、殺了產婆，更殺了無數的人。甚至讓他受到父親疏遠、詛咒、拋棄，最後連姓都沒給他。

他頂著一個根本就是詛咒的名字，在東離活到現在。一直以來，他奪走無數人命，只為印證自己的本領，是掠風竊塵將這些全都塗上了嶄新的色彩。是那個男人，是那個叫做掠風竊塵的盜賊，照亮了他蒙昧的人生。

殺無生揮舞著雙劍。

他持續舞著。

無論對手是誰，他都不怕，也不會為之震懾。他緊握在手的雙劍甚至不含內勁，僅僅靠著劍法的術理，殺無生就一路贏了上來。那對雙劍的劍法宛如音符般乘歌奏曲，並把對手壓制得體無完膚，使其降伏。

他止不住內心的激昂澎湃。

我的劍乃是天下無雙——他有種可毫無忌諱地這麼說的充實感。

他所握的再也不是隱於黑暗、收斂聲音、以步伐測量所需距離的暗殺之劍，而是堂堂正正、直面交鋒的劍術較量，他是憑藉於此贏上來的。殺無生感覺自己現正處在幸福、祝福與讚賞之中，這並非曲解、不是誤會，更不是得意忘形，而是旁人也能理解並肯定的狀況，也是不容置疑的事實。

第二戰，對手使用的是鎖鐮，分銅鎖上被內勁灌入了火焰的力量，比起直接砸過來，對方更擅長先將它甩到對手背後，再往前一扯這種煩人的攻擊方式。但觀察過情況後，不過是個兩招就能結束的對手。

第三戰，對手使用的是像曬衣桿那麼長的一把劍。

疾速旋轉的劍發出刺耳的高亢聲音，朝殺無生進逼而來，攻擊的同時也能替自己防守，擁有無限可能的劍刃，看來是套攻防一體的術理。但殺無生只覺得「攻防一體」這概念很令人苦笑。

要攻擊還是防守？決定一個吧。

想兩者同時進行，未免過於貪婪天真，要是真的能夠做到，所有人都沒必要苦練了，正因為做不到，大家才要持續修習。無論搬出什麼歪理來解釋，實際一出劍交戰，掛在嘴上的道理就都沒用了。

一招，殺無生只用一招，便打退了第三戰的對手。

只用一招，就完全否定了對方的劍理劍法。

所謂攻防一體，不過就是攻擊與防守都表現得毫不入流，才勉強成立的理念。

「……真是難看啊。」

這話絕非得意忘形，也不是傲慢，更不是過分自信，而是殺無生情不自禁的肺腑之言。大家是不是都太過於依賴外勁，反倒怠惰了劍技本身的鑽研，被這股更強、也更好滲透的力量牽著鼻子走了。

殺無生也會使用勁。他認為若是解除了使用外勁的限制，無論自己的對手是誰、會釋放出怎樣的勁力，反而能在真正以劍技交鋒前一刻就分出勝敗了。這個想法，沒有絲毫偏差與錯誤。

因為他是無敵的。

在今天、在這裡，只有殺無生才是無雙的劍豪。

不管是誰揮著什麼武器、使出什麼招式，都碰不到殺無生。

——只有我。

——只有我才是最強的。無雙，天下唯一。天上天下，唯我獨尊。

殺無生的劍，遠遠勝過了其他人，讓他膽敢毫無忌諱地如此自稱。而對於這樣的自己，接受了對方認輸的自己，竟然能留下對手性命的自己，他陶醉萬分，沉浸在愉悅之中。

他從未想過比試竟然是這麼愉悅的一件事。

無關生死、金錢、人情羈絆，只是單純的競爭劍技，然後贏得勝利。

實在太開心了。

他竟然到現在才知道原來這世上有這種地方。感謝讓自己知道這裡的掠風竊塵，現在的他既不想要獎金，也不想要神誨魔械了，若掠風竊塵想要就給他吧；若他不要，殺無生也能毫無猶豫地丟棄。

雖然不知道還要對戰幾場才能得到勝利，但不管面對多少場、多少人、對手是誰，殺無生都會打敗對方，然後重新站在師父面前質問他：「我的劍配不配得上劍聖頭銜？」不，是要向他宣告：「我就是劍聖！」

他將終結誰也無法打敗的劍聖・鐵笛仙，並以此打響「鳴鳳決殺」的名號。

這一刻，比殺無生預期來得還要早。

不，應該說已經到了。曾幾何時，殺無生已經站在能夠質問師父的地方。

比起自己身在此處的理由，起先他更不明白對方身在此處的原因，也沒發現這就是決勝戰，因為大會一切消息都沒傳來。

「……我以為還需要再戰好幾場的，掠。」

「應該是這樣沒錯。」

「那麼，為何那人站在那裡？」

「嗯，不知道這是決賽還是頒獎儀式，你等等直接問問本人如何？畢竟我也沒辦法解釋這場戰鬥是怎麼回事。」

眼看終於進到了決賽，這當然可以歸結於殺無生劍藝本身的精湛。然而決勝之戰，最後的關鍵一戰，他卻跟初次看到銳眼穿楊那支天外飛來的箭矢一樣，流出了冷汗。

對手用的是雙劍。

姿態跟殺無生一樣。

一身不凡霸氣的劍聖．鐵笛仙，為了與他決戰而站在這裡。過去曾經撿回他、將他養育成人並加以教誨的師父身上，已經感覺不到任何還想指導自己的意圖，殺無生更不認為對方是來祝福自己的。

那是殺氣。站在眼前的鐵笛仙是殺意與憎惡的化身，那無疑是打算賭上性命以劍鋒對決的氣魄，殺無生自己在與他人對決時，也常懷著這種執念。

但為何是現在？

難道這是劍技會的慣例嗎？儘管他詫異不已，但就算問了也問不出什麼名堂吧。

過去，殺無生曾經跟這個受詛咒的名字一起被拋棄，伴隨寫著「能不能替我殺了這個惡鬼羅剎轉世」的信，一起被丟在鐵笛仙的道場前。

「劍聖」——在這四年一度的大會上，鐵笛仙一直獨享著這個稱號，它代表了東離最強劍豪，由他擁有劍聖頭銜，沒有人會有意見，他就是這樣無與倫比的存在。

他是過去教導殺無生劍理、劍法的師父。

——鐵笛仙。

這是他必須打倒的對手名號。

也是擁有劍聖高名的人。

「……掠。」

「怎麼了嗎？」

「我為什麼發抖？」

「該不會是臨陣前的精神抖擻吧？無論如何，榮譽榮耀就在眼前了，伸手可及。」

「但我正在發抖。」

「是覺得害怕嗎？」

「我不管跟誰交戰，都不曾害怕過。」

「……那現在為何會發抖？」

「我第一次體會到，原來這就是恐懼的感覺。」

「你會不會想太多了？你的劍術很優秀哦。」

「不，一山還有一山高。」

「這麼說也沒錯啦。」

「『不斷往上挑戰』是我劍道的精髓所在，雖然在發抖，但我現在倒是覺得愉悅無比。掠，這是為什麼？是我變得奇怪了嗎？」

「你打從想要獻身於劍道起就變得奇怪了吧。」

「你一個盜賊還好意思說。」

「你一個劍客還這麼悠哉。」

「我們都沒有資格談論彼此吧。師父那絕非要祝賀我的樣子，他一定是想先觀察我們的意圖。雖然不知道他是怎麼想的，但對我來說，這一戰代表報仇雪恨。」

「這話的意思是要洗刷恥辱吧？無生，你對那個劍聖懷著什麼屈辱或怨恨嗎？」

「向他學劍，就是最大的恥辱。」

「……這樣說我很難理解啊。」

「我想不用劍的你是不會理解的，掠。」

一如先前殺無生對殘凶所說的，只要仍把師父當作師父，就永遠無法青出於藍。無論多麼無禮、沒規矩，只有對著師父毫不留情地破口咒罵，才能漸漸與他平起平坐。

劍道就是這麼一回事。

要是一直對老師、師父、魔主這類人抱持著恩義尊敬之心，將會連他們的一半力量都難以企及，唯有詛咒、屈辱與怨恨，才能使人輕易跨越那條界線。若非如此，乾脆一輩子待在道場揮揮木劍，為學到皮毛而歡天喜地就好了。不超越師父算什麼劍？算什麼劍道？

所以殺無生才在發抖。

恐懼與敬意相互交織，他對自己好不容易來到這裡感到既歡喜又恐懼，是以發抖不已。

「……我要打倒那個劍聖，得到這個名號。」

「嗯，不知道能不能順利呢？」

「不順利也會順利給你看！要是在這裡退縮，我實在沒有自信下次是否還敢再跟劍聖對戰。沒有第二次了，此時、此刻、此處、此對手，就是我人生的分歧點、分水嶺。」

「你都說到這個份上了，我怎麼可能不支持你呢？但看來你是想殺了那個劍聖？」

「不抱著打算殺了他的心情，會連勝利的邊緣都搆不到的。」

「對方也是這麼想的嗎？」

「他要是不這麼想就困擾了，這樣我豈不是在唱獨角戲嗎？」

鐵笛仙正在遙遠的競技場另一側，比殺無生記憶中的模樣還要年長、蒼老，但身上所散發出的氣息，倒是變得比他印象中還要銳利、勇猛，那是無視年歲的氣概。儘管年邁，但鐵笛仙的一身氣骨卻足以輕易震飛並壓制年輕對手。

「……我在這一戰後就真的要成為天下無雙了，掠。」

「那可真是令人高興呢。要是能讓天下第一的劍客當我的保鑣，我也會安心不少的。」

「儘管期待吧。」

「不是期待，是要聲援你，殺無生……不，鳴鳳決殺。」

「先準備好叫我一聲劍聖吧。」

「既然你都這麼說了，我就這麼做吧。話先說在前頭，要是發現贏不了也能投降，這話可是你自己說過的哦。」

「這一戰不同。」

這絕非能夠輕易認輸投降的一戰。

而是考驗殺無生身為劍客的驕傲、空前絕後的對戰。

不能在這裡落敗！要是在這裡輸了，此後一生至死都將無法超越師父，如果贏不了，這一戰還不如葬身在對方手下。殺無生藉著「報仇雪恨」的念頭來調整自己的氣息，準備好所要用上的全部力氣，打算不留遺憾地全部使出來，正因為如此，他才會發抖。

死去。

或者殺了對方。

超越生死之境，不屈服於生命的消長，這才是劍士的宿願。

身懷致命武器的武者一旦達到登峰造極的境界，就只剩下「死亡」或「殺了對手」兩條道路。無關乎自我意志，而是受到命運引導，就算不帶殺意或敵意，也會自然而然地被引導到這個地步。

或死或生，或殺人或被殺。

殺無生身軀的顫抖就是證明。雖然他馬上就意識到，自己對於來到這個舞台感到高興萬分，但在此時此刻，他尚且無法順利地言明心裡湧上的這股心情究竟為何。

「掠，說實話，我還以為在這場大會上晉級了會得到點掌聲呢。」

「無生，你是想要召開一場以你為主角的宴會嗎？想得到名譽與稱讚、被賦予『劍英』稱號以及神誨魔械嗎？」

「我可沒這麼想。」

「完全不想嗎？」

「沒錯，什麼劍英、什麼神誨魔械，反正都是假貨罷了！被不舒服的讚美所包圍反而更讓人受不了，我想要的可是俗人與凡人都體會不了的愉悅。」

「說的也是呢，像我這種盜賊就無法理解，我覺得讚美跟寶物比較好。」

「這種難以言喻的感覺真是煩人。」

「哎呀，我也是能試著體會一下的。」

「為我吹響那隻笛吧，掠。」

「為何？」

「它的旋律會給我力量。不過是支笛子而已，你會吹吧？」

「倒也不是不會吹，不過沒有你那麼擅長。」

「吹什麼都可以，那支笛子可以吹出很棒的音色。你的手腕真是一流的啊，掠。」

「能得到你的稱讚還真是光榮呢，鳴鳳決殺。」

掠風竊塵不再叼著煙管，而是取出藏在袖裡的橫笛，吹出殺無生曾吹奏過的同一首樂曲，樂曲像是要支配整座競技場般奏響著。

幾乎讓殺無生產生了這樣的錯覺——此時此刻、於此處對決的兩名劍士彷彿非以劍技，而是要以演奏技術決勝。

他雙手拔劍，並高舉雙劍。

他將與過去的師父、過去養育自己的人對峙。

——鐵笛仙。

殺無生毫無怯意、毫無顧忌與敬意，只是站在這裡。

他的雙手緊握著雙劍。

師父也做出了同樣的動作。

架勢完全相同。殺無生突然有股自己分裂出分身的感覺，而那個分身在他面前擺出了一樣的姿態佇立著。

眼前的身軀依舊巨大，但並沒有比殺無生過去認知的還要巨大。殺無生的身材絕對不矮，不如說很高，鐵笛仙卻仍比他高了一個頭。但兩人之間的差距並不只是一顆頭，如今鐵笛仙那副彷彿能無限伸展的身軀四肢就在面前。

正因如此，他的對手劍聖、他的師父衰老的模樣，殺無生看得格外清楚。

身子停止了抽長，只有宛如樹皮般的皺紋深深地蔓延著。

「……好久不見了，師父。你這是要敬我一杯慶賀的酒嗎？」

慎重起見，他還是問了。儘管他已經明白不是這麼一回事，卻實在無法揮去心中的疑惑。而對方以殺意作為回答，讓殺無生臉上浮出了笑容。

毫無疑問的，這果然是一場決鬥。

他即將能在這裡得到更勝千萬讚賞與財富的愉悅。

殺無生如此深信著。

「殺無生，老朽有件事從來沒能教給你。」

「我不認為有這種事。」

「不，在教你劍術、劍理前明明有件更必須先教給你的事，我卻沒有注意到，是老朽對你的教育出了錯。」

「我的師父、我的宿敵啊，就是因為你錯了，我才要超越你，更往上爬。」

「你所說的這番話，讓老朽明白了自己的失敗。」

殺無生由正面朝左右兩側展開雙劍，張開的身體彷彿說著「放馬過來吧」。鐵笛仙則挺出半身，採取左手在前、右手在後的執劍架勢。

兩人同門。

兩人同派。

而且是師徒。

他們為了爭奪東離無雙的劍聖稱號而在此對峙。

「……喏，殺無生。」

「曾教導過我在劍的對峙中不需言語的，不正是你嗎？鐵笛仙。」

「儘管如此，老朽還是要說……你為何扭曲到這個地步？」

「我的劍一點扭曲也沒有。」

「不，你沒有資格這麼說。」

「你這話有什麼根據？師父，只學會了踢館殺人的我，竟然贏到劍技會最後的最後，用自己的雙腳站在這裡與你對峙，你覺得不滿嗎？」

「我要說的是更之前的問題，殺無生。」

殺無生完全不懂這個被稱為「劍聖」的師父所說的話。一旦站到場上，就沒有再唇槍舌劍、口沫橫飛的必要了，劍聖卻還一直對自己說話，他開始覺得這一定是戰場上的欺敵之計。

但，並不是這樣。

並不是這樣的。

殺無生不明白，完全參透不過來，他是個只會用劍來說話的男人。

這正是一切悲喜交加的原因。

「……為何要做出這麼離譜的事？殺無生。」

「離譜的事？」

「以你的能力，堂堂正正地戰鬥明明也能贏得勝利。」

「……你在說什麼？」

「在說你扭曲了。在淵源已久的劍技會上引來那種怪異弓手，殺傷大半參賽者，好讓自己遊刃有餘地晉級，這種心態正體現了我的悔恨。」

眼前的師父──劍聖．鐵笛仙究竟在說些什麼？殺無生越來越不懂了。

他越來越不明白發生什麼事了。

明明是劍技會，卻帶著弓來參加的傻子不是狩雲霄嗎？戰敗後為了洩恨而射出了四十支箭的，不是以「銳眼穿楊」聞名天下的男人嗎？殺無生不懂為何要把這件事怪到自己頭上。

隨即師父的身影消失了。

他感到背後有壓力。

那是在極近距離下，以尺為單位的流星步。

師父果然是師父，到達了殺無生無法企及的領域。劍鋒由背後刺來，殺無生的背被刺中彈飛，所幸刀尖被鋼鞘擋住了。要是將劍佩在腰間而非背在背上，鐵笛仙的劍鋒此時早已貫穿殺無生的胸膛了吧。

「你還真是惡鬼羅剎啊，殺無生。」

「……你到底在說什麼，我完全不懂。你究竟在審問何事？」

「事到如今已無須廢言，我將以劍屠殺化身惡鬼的你。」

既是師父亦是劍聖的鐵笛仙這句低語，倏地替殺無生所沉醉的單純世界添上了一抹無情色彩。沒有觀眾，看著他的只有評審，卻有唾罵的言語自評審席傳來，完全不見讚賞與誇獎。

那裡存在著的只有恐懼、顫抖與咒罵。

他分明是想擺脫這些才來到這裡的，但殺無生終於發現，此時此地包圍住他的，是遠勝以往的敵意。

殺無生下意識看向掠風竊塵，彷彿想索求幫助般的看著好友。

然而被他視為朋友的掠風竊塵卻看也不看殺無生，只是繼續吹著笛子。殺無生的劍聖師父彷彿受到笛子音色所操縱，再度消失了蹤影。猜不出這次劍鋒會從哪裡出現的殺無生，只能感到害怕。

發生了什麼事？

究竟是什麼狀況？

掠風竊塵，我的好友，快告訴我答案啊！殺無生心裡懇求著。掠風竊塵卻看都沒看他一眼，只是持續吹奏著橫笛。

殺無生愣站在原地，鐵笛仙的劍鋒猛然殺來。

只為了「要奪走他的命」這個目的。

鐵笛仙出手毫無慈悲與一丁點顧忌。

那並非師父面對弟子想挑戰自己的態度，純粹只為了討伐惡鬼羅剎的劍鋒，毫不留情地指向了殺無生。

六

殺無生之所以防得了這極有可能命中的一劍，是憑藉著經年累月的實戰經驗，以及與生俱來的天賦。能避開這個擁有「劍聖」威名的鐵笛仙所放之劍，可以說是他自學而成的技術與身法。

它們盡數展現在此時此刻的對峙之中。

殺無生不加思索，憑著直覺躲開那乾坤一擲的一擊。

鐵笛仙在這一招之中便了悟一切，但殺無生仍在混亂之中。

屏除自己的動搖與疑惑，對殺無生而言乃是當務之急。

所以他硬是發出了笑聲——過度高亢的笑聲，以此嘲笑、侮蔑、鄙視眼前的對手。一旦稍微退讓一步，便會屈服於眼前的氛圍，對戰當下，千萬不能有摸不著頭緒的猶豫，稍有一絲就輸了。

「……你失手了呢，師父啊。」

「讓你躲過了，徒弟啊。」

「這代表兩個意義：那一劍失手的你，已經不是我的師父；而逃過那一劍的我，也不再是你的弟子了，鐵笛仙。」

他昂聲朗唸，也藉著這番話讓自己確認。

然後出擊！

不給鐵笛仙任何動作的機會，殺無生以雙劍一陣亂擊，鐵笛仙也接下了他的來招，鋼鐵碰撞的聲音重疊迴響。方才所見識到的奇妙步法，瞬間的短距離移動，近似流星步卻又大相逕庭的術理，殺無生從未見過。

雖然沒見過，但只要讓對方使不出來就好了，只要以劍壓制、擊潰他就行了。

殺無生不知道其他門派是怎樣的，但在他們的門派中，承受得了互擊的才稱得上是劍；無須纖細的劍刃，或以內勁防守的軟劍，能承受千百猛擊還能還以顏色的，才算得上劍。一者教導、一者受教，兩人都擁有同樣的信念。戰鬥方式成了激烈的雙劍互擊，彷彿要較量劍本身的韌度。

對手若是無法反擊的樹木，不消一刻就會倒下。

他們實際上就是這樣鍛鍊的，從劈落所有樹枝的步驟開始，接著砍斷樹幹，藉此來悟得足以砍倒樹齡千年以上巨木的剛硬之劍。禁止使用內勁，當然也不能使用外勁，僅憑自身臂力與劍來施力，並練就力道，剛劍練成後，再將氣勁注入，形塑出一己之物。不同於其他流派都是同時修練劍技與勁道，他們是講究先以劍為本的流派。

雙劍縱橫無盡，不斷迴旋出招。

鋼刃盤旋，交織出兩道龍捲風，鏗鏘地彼此糾纏、碰撞。交戰至此，殺無生心中的疑惑早已煙消雲散，只專注於探究純粹的劍理，傾聽刀刃碰撞出的音色是否有誤。

毫無錯誤，一切皆符合劍理。

但對鐵笛仙來說也是一樣的。正因兩人所奏出的旋律毫無一絲紊亂，才能無視這場亂鬥的壯烈與悽慘，甚至從中感受到一絲美感。彷彿共同展示的一場演舞，一刀一劍中都飽含著殺意。

眼前景象足以令觀者懷疑，這真的沒有使用外勁嗎？

偶爾甚至會出現兩人離地懸空出招，這種簡直像是幻覺的情景。

雙方互攻不下百次，仍在繼續互擊。

對戰中，殺無生隱約感覺自己阻擋了鐵笛仙五次動作，攔下那僅有短短數尺的流星步起步，並察覺到這個招式某種程度上需要特別的調息。

還有一點：百招裡用了五次、每二十回中一次，這代表鐵笛仙無法連續施招。雖然會有一兩招計算上的偏差，但殺無生大致看出來了，鐵笛仙必須憑藉著那種調息才能施招。

「……再來你該如何呢？劍聖．鐵笛仙，再這樣下去我就要贏了。」

「你想要這個寶座嗎？這個稱號。」

「我說過，你再繼續待在那個位置上，也已經沒有意義了。」

「老朽也很想讓位給年輕人，但這個位置不能讓給你這種惡鬼。『劍聖』可是劍道中的王座，要是出了暴虐無道的王者，老朽的面子該往哪擺？」

「看來我還真是惹人厭啊……」

他明白這是無可奈何的事，畢竟他生存於地下社會，一直藉著殺人來磨練劍藝，一路活來正如其名。事到如今，殺無生已不打算辯解，也深信兩人之間的勝負，絕非平和收手就能分出來的。

被打倒或者殺了鐵笛仙，最終只有這兩個結果。

就算最後打倒了師父，他唯一的遺憾無非是再也不能親口告訴對方：殺無生已不再是殺無生，而是名為「鳴鳳決殺」的劍聖。鐵笛仙身為師父，實力依舊強大，因此更必須以死來分出高下。

此時劍聖反擊回來，他偶爾會有令人感覺不出年齡的強勁反制。他放棄使用那套類似流星步的步法，將內勁轉用到對戰上，劍上的魄力令人嘆服。

跟前面三個對手的等級、實力截然不同，殺無生背上滲出汗水。

但他仍能看出對方的套路。

殺無生的劍法或許也被看透了吧？激烈出招互擊的兩人卻同樣毫髮無傷，氣息也毫無一絲紊亂，這下可能真的要打上半天了。殺無生不禁苦笑。

總而言之，戰況仍不明朗。

既然如此，他不得不放手一搏了。為了脫離亂鬥，殺無生改變劍法，趁著鐵笛仙轉變為守勢時跳到後方，將右手的劍收回背上的劍鞘。

他刺出左手的劍，將劍柄頂端提到下巴高度，右手藏在身後，只剩半身。

這類似於殘凶擺過的架勢，但殺無生的右手並沒有受傷。只要拉開距離，鐵笛仙一定會使出那個步法過來的。他現在不是要封住對方，而是故意讓對方放手使招。

雖然有風險，但因為看穿了，反而能將計就計。

這是賭注。

也是陷阱。

更是過去師父鐵笛仙曾傳授給自己的招式。

這個突刺的架勢將成為突破白天的雷電，由正面來看只是一個萎縮的黑漬，仔細一瞧則是單純的一刀一劍，不從下方仰望的話，是難以窺見其本質的。

——神籟無響。

最大的聲音乃是無聲，將這充滿矛盾的概念具化成形的招式名稱。

過於龐大的音量，在人的耳裡聽來便等於無聲，基於此理所成的招式，意在引起對手做出致命的錯誤判斷，讓對手產生疑惑，是應該揮劍發出更大的聲響呢，還是安靜下來伺機而動呢？

這能讓對方乍看之下，覺得自己技高一籌。

不過換個角度看，也能讓對手覺得自己處在抗衡地位；再換個角度瞧，又會開始覺得這麼脆弱的架勢根本是虛假的障眼法。疑神疑鬼時，氣勢就被隨之削弱，決定不了下一招。且這個架勢看起來好像只是普通突刺，卻是個圈套，也是偽裝。

並不是要刺往正前方，而是往上方抄劍攻擊。

由下往上，貼著地面劃開上方，才是這個架勢的本質。

手中握著的劍感覺如掌心延伸出來的樹，敲碎無邊無際的天空。在此之前，殺無生所挑戰過的、覺得厲害有實力的對手，全部都潰敗在這一劍、這個架勢、這招「神籟無響」之下。

但鐵笛仙不同，他正是熟知這套劍理劍法，並將它傳授下來的人。

因為如此，他加上了拔刀術。此時的架勢，正表現出他承襲師父劍術後，又想更上一層樓的決意與挑戰。

右手放開劍的用意，鐵笛仙一定猜到了，甚至連後招的後招都看穿了。所以殺無生也必須猜出再下一步，猜出還要幾招能夠結束。

先假設九招能結束吧。這並非上天定下的絕對宿命，而是想在九招內結束一切的企圖。他們並非看透了未來，而是自認劍術已爐火純青者在心中計算著，計算結果則需賭上性命驗證。

不知從何時起，已經聽不見掠風竊塵的笛音，或許笛聲還在，但殺無生早就沒在聽了。此時此地已不再需要一音半符，只求進入無音無聲的寂靜境界。

三招，或者四招。不論哪一邊，只要算錯了出手的方式都會送命。

殺無生維持著姿勢，動也不動，這已經是誘敵的第一招。

鐵笛仙的身影突然消失了。第二招。殺無生從來沒有這麼緊張過，他壓抑著想使出第三招大動作飛出的渴望，因為對方應該會往自己附近移動，在鐵笛仙消失同時飛躍而出的話，便能輕而易舉地躲開他來襲。

但如此一來就得重頭來過。這只是逃避行為，並不是反擊。

會從哪裡現身呢？

他刻意掩去右邊身體，放開了劍，所以對方若從右邊來，就連三流也不如了；要是戒備

著他右手的陷阱，從左手攻擊不到的地方現身，應該可以說是二流吧。但對方可是不辱「劍聖」稱號的劍中王者。

連殺無生也猜不透他，所以才說這是一場賭注。

第三招。

鐵笛仙是從正面出現的，從正面直劈而來。由上方劈落的一劍閃避了殺無生左手的突刺，只從臉頰邊掠過。

那是王者的劍法，天的裁罰——是玄天琅音！

鐵笛仙比殺無生更懂得如何正確使用「玄天琅音」這式劍法，那副巨大的身軀飛躍到不敢置信的高度，自頂上仰望著殺無生，顛倒天地，出劍揮擊。旁人看來他是從天劈落的雷，只有身處此境的殺無生知道，自己才是對方眼中的天。

由上而下、如雷灌注的劍勢，彷彿要破邪顯正般，將殺無生一刀兩斷、千刀萬剮。

鐵笛仙右手的「玄天琅音」與殺無生左手的「神籟無響」交錯掠過。

彼此還留有左手與右手。

第四招了。鐵笛仙將劃過地面的劍刃由下方掃向殺無生，殺無生隨即把右手伸向背上的劍，利用拔劍的一閃出擊，並以左手突刺的劍當作護盾，阻擋地面掃上來的一劍。

握在手中的劍刃會被看穿揮擊路徑，他之所以不惜冒著風險，將劍收回劍鞘，就是考量到拔刀術對手無從看穿。從鞘內拔出的劍讓人無法預測走向，比起出鞘的劍更有延展性，也更加銳利。

這樣一來，應該就有勝算了。

鐵笛仙往後退避了相當大的一步，大得甚至有點多餘，因為很難掌握對方換手拔劍的攻擊距離，才會出此安全之策。殺無生的第四招，連鐵笛仙都看不透。

「……你退開了呢，劍聖．鐵笛仙。」

殺無生不自覺地低喃，那是死亡的宣示，也是勝利的宣告。

鐵笛仙方才確實後退了，並非一般對戰中的身體移動，而是有所畏懼，才退了這麼不必要的一大步。分定生死的第三、第四招，兩人雖然互有高下，但此時局面大幅倒向了殺無生。

第五招開始，殺無生毫無猶豫，再度選擇了亂擊打法。

躍退不必要的那麼大一步，會使軀體產生混亂。

軸心會不穩，從而產生致命的空隙。此時，殺無生使出完美的亂擊，以強勁氣勢向鐵笛仙攻去，宛如正常直立旋轉的陀螺，撞擊上已經產生亂象的陀螺。

能贏！殺無生終於感覺到些許勝機。

雖然只是劍鋒稍微掠到的程度，但劍的觸擊範圍已逐漸遍及鐵笛仙全身，對手還沒重新站穩身子，殺無生也不打算給他站穩的空檔。不斷後退的鐵笛仙全身受創，漸漸退到了競技場的外壁，被追擊到退無可退的邊界。

既然已經無路可退，一旦到達牆邊，恐怕就是殺無生的勝利了。

亂舞的雙劍之一，恐將奪去鐵笛仙的性命。

牆壁已經近在身後，只能不斷後退的鐵笛仙被逼到了末路。

這時，擁有劍聖名號的他微微開了口：

「……仙歌．萬劍琅音……！」

外勁伴隨著光芒，轉瞬在他周身浮起。這股外勁宛如無數鈴鐺嗡嗡發響、迴盪，籠罩四周的音色過於美妙，反而變成了令人不舒服的聲音，如尖爪撓刺著耳朵、晃動著頭蓋骨。

被追擊到牆邊的師父究竟想做什麼？殺無生一瞬間疑惑了。

——萬劍琅音。

這是外勁招式，也是殺無生所知卻唯一沒有學的招式，他認為要是連這招都學了，就真的一輩子都超越不了師父。因此，殺無生不學「仙歌」，而是自創了以「殺劫」為名的外勁招式，但他以為在劍技會上是不能使用的。

若要論起原因……

外勁本身就是原因。

因為使用外勁是被禁止的。

他無法理解對方在做什麼，如此一來就會犯規落敗了。就算鐵笛仙以這招打敗了殺無生，也有損代表劍者王座的劍聖稱號。殺無生的疑惑，讓陀螺的旋轉慢了下來。

慢下來的同時，周圍的外勁消失了。

鐵笛仙不是要使用外勁攻擊，只是做做樣子，是欺敵劍法，也是他的小花招。被稱為劍聖之人使出近乎犯規的技倆，以逃離險境，好讓自己能挽回一點勝算。

殺無生並不打算指控他的卑鄙。事到如今，這又算得了什麼？不過是跟自己做過的骯髒勾當一樣罷了。這同時證明了靠著卑劣手段也夠格自稱劍聖，是本人親自證明的，不是別人，正是劍聖——鐵笛仙。

比賽並未中止，也未宣告勝者名號，劍技會的決戰仍繼續著。

方才的外勁並未被認為是犯規。但同樣的事若殺無生做了，就會落人口實，被判為犯規吧？自己的地位就是這樣，劍聖急得連自身威望都利用了。

牆邊的鐵笛仙一瞬間就穩住了身體的軸心，這一剎那，是殺無生的困惑給了對方空檔。

所以，當鐵笛仙在眼前消失蹤影的時候，殺無生的腦袋一片空白。

他相信對方會在背後出現，反射性地轉身朝後方橫劍一擋，鐵笛仙也確實到了他身後，殺無生的劍紮紮實實揮到了能夠斬斷他頸子的位置上。

但，對方的身影又再度消失。

不留間隙，連續兩次使出那套步法。

原來他辦得到嗎？還以為他不能連續施招，是自己太小看他了嗎？

不，在以近乎犯規的外勁劍法誘敵後用出這招，鐵笛仙應該也在賭自己能不能連兩次使用步法。

這是假使做不到，就會被殺無生取下首級的賭注。

而他成功了，再次站到牆邊的鐵笛仙逮到殺無生後背亂了架勢的空檔。與前一刻的局勢截然相反，瞬間使出全力轉身擋招的殺無生，自己反而失去了重心，對手的消失讓他的劍鋒落了空。

他收回劍勢，再度轉身。

但鐵笛仙可不會放過這一空檔。來不及！殺無生明白被打倒的將會是自己，卻也不想束手待斃。儘管明白來不及，但他仍發出聲嘶力竭的咆哮，調轉雙劍。

殺無生預見了反擊不及而被大卸八塊的自己。

儘管如此，還是有可能出現奇蹟，自己的劍說不定比想像中飛得還快。連鐵笛仙都賭命相信連續兩次使出步法的奇蹟了，自己也只能以死來賭這一擊能又快又狠。

劍鋒快得前所未見。

切風而過的聲音，無疑是殺無生人生中最快的一斬，快得足以讓他相信，這個聲音必定不是邪鳥鬼鳥的鳴叫，而是鳳凰的鳴聲。能聽見此聲，即使落敗送命也心滿意足了，若這麼快的聲音仍無法命中，自己也只能覺悟死心。

然而人定勝天的信念，成了劍尖聲響的後盾。

命中也好、不中也罷，此生能奏出這個音色，殺無生便心滿意足了，接下來一切任憑鐵笛仙裁決。

萬萬沒想到的是，這擊居然命中了，他的劍由下往上砍過鐵笛仙身體。

「……？」

這股手感，殺無生本人比誰都要覺得不可思議。

他讓鐵笛仙的血濺了一身，尚未明白眼前究竟發生何事。殺無生出劍雖比以往都要銳利，但在這種場合實在沒什麼大不了，說不上什麼奇蹟的發揮。他甚至可以直接斷言，絕對是自己會先被砍中才是。

實際上，殺無生的鎖骨幾乎要粉碎，劍尖刺到了肺，右臂的動作更是變得遲鈍無比。雖然他下意識以內勁勉強維繫著，但那也是後來的事了，被刺穿的當下，速度跟靈活度絕非絲毫不受影響的。

他一頭霧水，只能詢問師父，因為師父無所不知，所以求他賜教。

「……發生了什麼事，師父？你生病了嗎？」

「住嘴！惡鬼，沒想到你竟做到這個地步，你就這麼想殺人嗎？就這麼厭惡名譽嗎！」

「你在說什麼？」

「你這輩子都得不到劍聖封號的，你只能是劍鬼。」

「不，我已經不是殺無生了！我是鳴鳳決殺，即將成為劍聖之人。」

「不擇手段殺害所有人，算什麼劍聖？別說傻話了，我不該傳授你劍術、不該收留嬰兒時的你、不該替你療傷的。當初應該就這麼放任你死去，若是死不了，老朽也應該親手殺了你。」

殺無生完全看不清事態發展，只覺得太不公平。

他承認自己做了許多骯髒事，但被師父鐵笛仙在劍技會會場上說成這樣，究竟憑什麼？他也不禁想反駁了。但只見師父垂著頭，一動也不動，膝蓋並沒有彎折。

他站著往生了，殺無生卻無心讚揚自己的勝利。

這真的能說是勝利嗎？不是一場意外？完全沒有勝利的感覺，殺無生好想重新再比一次，即使自己落敗身亡也無所謂。

他沒有一件事能想透。為何方才鐵笛仙停止出劍？既然他那麼憎恨自己，應該沒有收劍的理由才對，況且以殺無生的劍技，也不可能快過他的速度。

這也算勝利嗎？

就在他腦海中閃過一絲疑惑時，宣告勝者的聲音響起。

——是鐵笛仙的勝利。

就在殺無生的犯規落敗被大聲宣揚之際，他終於注意到師父並非站著往生。

他死狀悽慘的屍體上，逆向砍出的傷口被下半身的重量扯出一大開口，傷口中可見金屬的光芒。定睛細瞧，那是鋼製的箭頭。

他並非站著往生的。

而是屍體被釘在了城牆上。

貫穿城牆飛來的鋼矢，將劍聖的背釘在城牆上。

雖說是在激烈劍鬥之中，但沒能避開飛來橫箭，應該是鐵笛仙生涯中最大的不察吧。如果那箭是朝著殺無生飛來，他有十足信心能夠閃避。

這才叫做身在江湖，隨時保持面對突襲的危機感與緊張感，才稱得上是劍客。鐵笛仙忽略了這點。

呆立原地的殺無生，身邊被衛兵團團包圍住，但他仍意會不過來究竟發生了什麼事。

七

衛兵們是一群長槍手。

長槍保持著一定距離，包圍了牆邊的殺無生。

這很明顯是畏懼殺無生的陣形。他不覺得這幅景象有什麼大不了，畢竟自己是隨時都有可能被長槍包圍的人。儘管如此，眼前這幕仍是極度不尋常。

「……發生了什麼事？我毫無頭緒。」

「閉嘴！你若放下武器投降，我等便不會當場將你誅殺。」

「那種細得有如女人手腕的東西殺得死我？你們是在說笑吧？想挑釁我奉陪，但讓我先說點話……不，應該說你們給我說明清楚。首先，你們為何要問我的罪，還想刺殺我？」

「你這惡人還敢大言不慚？」

「就算我是惡人，你們也不一定要挑在此時針對我吧。因為我是個惡人，殺過無數與我對戰的人，就要被你們這樣包圍？我覺得這沒什麼道理吧？」

一陣鴉雀無聲。

殺無生的問題非常簡單，並非難題，只是問他們為何要這麼做。畢竟這些槍兵們應該不會毫無理由就包圍自己。

從方才跟鐵笛仙那場不愉快的對決起，殺無生就一直一頭霧水。

只是跟他們要個理由，殺無生不懂有什麼好沉默的。比起沉默，他們更像是覺得疑惑。

「……雖然我沒資格這麼說，但你們拿槍圍著一個人，被問理由還一臉疑惑，究竟是怎麼一回事？有沒有常識啊！我先說清楚，我現在可是非常不高興。」

殺無生煩躁得想殺了眼前所有的衛兵。

他不明白為何會變成這樣。

自己只是參加劍技會，然後贏得了勝利而已。他主動收劍，對於敗者也相當注重禮節，不過是遵守所有的規範，堂堂正正地戰鬥罷了。

「……我來告訴你吧，無生。」

清澈嗓音在寂靜中響起。宛如漫步在竹林裡般，掠風竊塵點燃煙管，踱過一列槍陣。

「噢，掠。」

殺無生不意流露的嗓音中有著安心。就算被上百支長槍包圍，他依舊毫無畏懼，但面對如此充滿惡意的圍堵，心裡卻難免焦躁，掠風竊塵的存在就如軟膏般，包覆了自己焦躁的心。

「這到底是怎麼一回事？」

「啊……這個嘛，人啊，只要彼此的認知相差太遠，就會漸漸失去共同的語言，連自己被問什麼也無法理解。無生，你不清楚現在的狀況，而這些人也沒想到你竟然會露出一副什麼都不知道的臉。」

「都到這種關頭了，為何你講話還要這麼迂迴？」

「有種東西叫做順序。雖然你可能沒發現，但劍技會在『銳眼穿楊』大鬧會場的第一回合後老早就中止了。正如你所言，就算是幾年一度的盛事，遇到這種情況也是該中止的，也的確中止了。」

「……那我又是為何而戰？」

「劍鬼・殺無生的討伐。」

「什麼？」

「這是劍聖，也就是淒慘地被釘在那兒的鐵笛仙所提議的。劍鬼，應該以劍技來制裁。」

「我有什麼罪行要被制裁？」

「什麼啊，你還不清楚嗎？不只妨礙劍技會，還殺害半數參賽者，讓他們各負輕重之傷，所以你才會被主辦單位問罪啊。」

「是『銳眼穿楊』做的吧……雖然不確定是不是本人，但不是他搞的鬼嗎？」

「是啊，但不管是誰，都是受你指使的。」

殺無生啞口無言，還沒能理解過來。

掠風竊塵毫無感情地冷淡說著，一字一句都讓殺無生覺得痛苦且不愉快，本以為是療癒的軟膏，沒想到是劇烈的毒藥。真切感受到痛苦的此時此刻，他還是難以接受。

「……這是什麼話？我也被狙擊了啊！」

「沒有證據。」

「不是有箭嗎？」

「丟了，另一支變成笛子了。」

「我有什麼理由要做這麼愚蠢的事？」

「光憑你身為劍鬼這點，理由便足夠充分了。想必你是憧憬光明的世界，卻無法成為正派劍客，只好屠殺劍技會參賽者……過去的你，可是做了不少會讓旁人這麼認為的事哦。」

「我可是為了成為正派劍客才站在這裡的！」

「你成得了嗎？無論你怎麼主張這點，判斷的還是其他人。」

「我不是贏得勝利了嗎？」

「藉著卑鄙的手段嗎？殘凶右手負傷了，剩下的兩人……嗯，名字雖然忘記了，不過那兩個對手可是都死了。」

「……我明明就有收手。」

「收手是理所當然的，因為根本不需殺了他們，他們早就被下了致命的毒藥，狀態已經無法戰鬥了。一發現對方是連『銳眼穿楊』的箭矢都能擊落的高手就下毒害命，難怪劍聖鐵笛仙的憤怒非比尋常……」

「給我適可而止，全是一派胡言！箭跟毒與我何干？」

「沒有證據啊，無生。而且也不需要證據，畢竟你是劍鬼，無論何時、以何種理由被誅殺了，都沒什麼好抱怨的，這種生存方式，你自己應該最明白。」

掠風竊塵的臉看起來就像凍住了，如同一片雪。

殺無生的唇，因為抑制不了這股無處宣洩的情緒而痙攣，為了壓制它，他緊咬著牙關。

「這場劍技會上的騷動，全部都是我引起的嗎？」

「大家就是這麼想，才會把槍對著你的，不是嗎？」

「沒人願意聽我解釋嗎？」

「連劍聖都死在那麼不堪的手段之下，已經沒人可以阻止這一切了，無生，你所說的話大概也沒有人願意聽了。」

「那你來阻止啊！你把我的話說給這些人聽不就好了？掠！」

「這……但我畢竟是局外人，也不知道該怎麼說比較好。」

「總比由我來說還好吧。」

「嗯，這點我倒是同意。我有自信能比你更巧妙地說服眾人，畢竟劍技會的裁判中有我的知己，我與劍聖也有點交情。」

「既然這樣……」

都說到這個份上了，殺無生還是沒發現……不，或許他只是不願意去想吧。對於這個不願認清現實的劍鬼，掠風竊塵悠然地繼續追擊。

「但是……我為何非費這個功夫不可？比起由我來說服，這種程度的士兵，你將他們全殺光不就得了？殺無生此名也能更加響亮。」

「開什麼玩笑！我可是『鳴鳳決殺』。」

「啊，那個名號也已經傳開囉。雖然比不上殺無生來得有名，但等你走出這個會場後，流言應該就會如野火燎原般越傳越廣吧……曾經說過那樣也是正派劍客的，不就是你自己嗎？」

「但是我……」

殺無生的聲音開始變得無助，彷彿在哀求著：「拜託你別再說下去了。」甚至發出了嗚咽。他憶起兩人喝酒談天的時光——當個正派的劍客、鳳凰的鳴聲、不同的道路……殺無生的腦海中甚至細細描繪出了小而精美的道館。

「……要我參加這個大會的不是你嗎，掠？」

「我可不記得有這種事？」

這番話，使殺無生腦海中的回憶與夢想產生了致命的龜裂。

掠風竊塵的話，足以讓他想起那道割裂白色天空的黑色龜裂。

「沒有嗎？你確實說過啊！」

「不，我沒說過呢。」

「你是在騙我嗎？」

「居然說我騙你，這還真是讓人感慨啊……你只是把我的話加上自己的想像，然後擅自行動罷了。以『劍鬼』之名昭彰的殺無生竟然妄想參加正統的劍技會，我還以為你在說夢話呢！但你既然說要參加，我倒也不至於阻止你。」

「……為何不阻止我？為何要讓我有這個念頭？」

「請別說得好像是我煽動你的好嗎？這是你擅自決定的。之後果然如預期一般，事到如今再來說你已經改頭換面了，也沒有人會相信你，連你過去的師父都不相信了，想來也是理所當然的。只要討伐身為劍鬼的你，或許就能被奉為劍聖；然而，當劍鬼討伐了劍聖，就只能是個惡鬼了，對吧？」

殺無生的臼齒咬磨出軋軋聲響，用力得幾乎能將臼齒給咬碎。

他勉強自己去想像這些都是騙人的、都是謊言。劇烈的痛苦在他心中膨脹，彷彿一把生鏽的短刀，一點一點地刺進自己的心臟與骨頭，這痛楚讓他瞬間流露出惡鬼的樣貌。

「……別用那麼恐怖的臉看我，無生，很嚇人啊。」

「掠……風……竊塵……」

「哎呀，原來你還好好記著啊？我還以為你一定是忘了掠之後的字，才這樣叫我的。」

殺無生覺得自己的下一個問題，一定會毀掉這一切。

事態已經到了無法修補裂痕的地步，那把生鏽的短刀，早已連刀柄都沒入心臟、深埋其中。

「……你為何要做這種事？」

「我沒說過嗎？看著這樣的你，讓我覺得相當愉悅啊。」

「就因為這樣，你背叛了我？」

冰凍般毫無表情的掠風竊塵嘴邊終於浮現情緒——那是喜悅、是愉悅、是一切都在算計中的成就感所帶來的微笑。掠風竊塵蔑然地看向殺無生。

「嗯……我認為『背叛』這個詞應該是用在同伴或好友身上的。」

至此，殺無生的心被完全粉碎了。

他破碎的心中溢出了一片黑暗與鮮血交融的飛沫，無法止住。殺無生沒有哭，但心口潰散的殘骸被風吹著、颳著、掀翻塵埃，響起了曠然的風聲。

殺無生望著師父的屍體，盯著將他的屍體釘在牆壁上的箭頭，再將相同的視線轉向掠風竊塵，只見他正若無其事地替換著煙管裡的菸葉，彷彿事不關己般的以看待陌生人的冷淡眼神，看著正望向自己的殺無生。

無論是「銳眼穿楊」難以置信的參賽與暴行。

抑或是在殺無生不知情時更改了規定，偽裝成淘汰賽的劍技會。

還是下毒毒害對戰對手。

「……全部，都是你策劃的嗎？」

「當然是我，你以為還會有誰？」

掠風竊塵背過身往回走，穿過了衛兵，繼續往前走著，與殺無生漸行漸遠。殺無生咬牙嚥下「求你留下來」這句話。

「局面看起來有點嚇人，我就先失陪了。看起來反而是我招人怨恨了，但至少我還知道自己的斤兩，已經習慣了，事到如今也沒想過改變自己。無生，你現在應該也知道什麼叫做『自知之明』了吧？」

全部都是為了嘲笑自己。

只是為了讓殺無生這個人歡天喜地、手舞足蹈後，再指著他嘲笑。

要論這一切的開端究竟是何時，大概從三年前就開始了吧。掠風竊塵花費了三年破解殺無生的心鎖，盜取裡面的東西後再將之敲碎、拋棄。即使是在殺無生面前，也絲毫不隱藏自己對此舉愉悅得不得了的心情。

有了野心。

懷了夢想。

期盼了希望與幸福。

以為在自己一片黑暗的人生中終於照進了光芒。

這一切的一切，最終只是一場小丑的把戲。而掠風竊塵彷彿玩膩了這個玩具般，拋下殺無生，遠遠離去。

「我要殺了你……」

聽見殺無生擠出的這句話，掠風竊塵停下了腳步。

「聽聽這句話！很高興見到你終於變回原本的自己了。」

「我絕對會殺了你！無論你身在何處我都一定會找出來，並以此劍殺了你！」

「我相當期待你不辱此名的活躍表現。但話又說回來……」

他稍稍瞥了四周一眼，衛兵約有百人左右。

「在捉到我之前，可別死在此處了，殺無生。你不是也受了重傷嗎？要是太逞強，可就變不回以前的你囉！」

掠風竊塵緩步離去，進入了城牆的門內。

殺無生心中毫無讓對方逃離的念頭。

他睥睨四周，威嚇著士兵們，光是這樣，他們手上的長槍就有點顫抖了。

「若殺得了我殺無生，你們儘管一試！要是殺得了身為大罪人的我，就能功成名就，畢竟我殺了劍聖！是我，只憑一己之力，就摧毀了劍技會光榮的歷史！」

殺無生雙手握劍擺出架勢。

他從容不迫地走近眼前上百兵士。

「阻我去路者，殺無赦！」

他逐步拉近與槍兵們的距離，光憑一人，就散發出足以壓制上百人的氣勢。

那是憤怒。

那是屈辱。

那是憎惡。

所有的負面情緒翻騰旋絞，成了一股湍急奔流，連殺無生自己都控制不了。但他也無意控制，打算放任那奔流驅策自己。

「聽信掠風竊塵者，殺無赦！」

「與他有交集的人，我會一個個殺了！」

「與那個男人有任何關係的人，我殺無生會用這雙劍一一殺盡！」

殺無生的詛咒源源不絕地沸騰起來。當他走到競技場中央，槍陣也團團包圍住他的四周。

眾人的吶喊聲響起，長槍一齊刺來。

殺無生心想：「這肯定就是鳳凰的啼聲吧。」

他不願去想，一切都是受到邪鳥、鬼鳥的啼鳴聲所煽動的。

八

殺無生站在一片血海中央。

他被濺了一身血，連表情都被血模糊得看不清楚，身上的傷卻屈指可數，全都是皮肉淺傷，甚至不覺得痛。他一一擊落刺向自己的槍，並反手斬殺那些士兵，一心不亂地重複著這個步驟。

他以憎恨掩飾破碎的心，成了名副其實的鬼。

他殺死的士兵還不到一半，與劍聖的戰鬥消磨了他的體力，掠風竊塵則耗盡了他的心力。現在驅策著殺無生的只有情感，唯有這點，任誰也消磨不掉。

掠風竊塵從城牆上眺望著這幅宛如惡鬼大亂地獄的光景，叼著煙管的嘴邊飄出紫煙，抹去了鮮血與內臟的氣味。他不染半滴鮮血地獨自俯瞰著一切，表情宛若鑑賞著什麼藝術品，又像看著有瑕疵的作品。

但他毫無侮辱之意。不只是殺無生，在場還活著的、又或是死去的所有人類，掠風竊塵都一視同仁，彷彿正看著久遠前自己的達觀表情，並非出於傲慢。

任誰都會有這種時期。看著所有死在此處的無名之人，掠風竊塵甚至覺得羨慕。「你可以在此就結束人生了，真好。」那是萬中選一般的羨慕。掠風竊塵自覺到這份羨慕，卻不想承認，所以只好故意扭曲地來嘲笑。

「……噢，剛剛真危險啊！閃得好。」

「隸屬劍技會的衛兵只有這種程度，不太妙吧？」

「哎呀，這樣沒辦法靈活運用長槍特性，光靠長度有什麼用？」

接二連三的發言，完全就是看好戲的風涼話。

一切看在掠風竊塵眼裡都很幼稚。若所有人都能封閉在自己的世界裡結束人生，也算是一種幸福吧？得到並擁有眼前所見的一切事物，然後被它們擊潰而結束此生；或是因為得不到而落寞地終結一生，也不失為一種樂趣。兩者都讓他羨慕無比。

細心地積累努力與工夫，然後一瞬推翻、擊潰它。

他好幾次都是這麼走來的。就如同殺無生的愉悅無法為凡夫俗子所理解一樣，掠風竊塵的愉悅旁人也無法參透。

但掠風竊塵能夠打從心底歡笑，他只追求這個而已。

在殺無生身上花費了三年，從旁看著那個不成火候的劍客嬉笑怒罵。面對他的幼稚，掠風竊塵偶爾會感到羨慕，甚至嫉妒，並因此陰鬱起來。

所以他就來當個壞人吧！讓那些自以為悟透人生道理之輩領教自己的無知，實在格外愉快。

而他所挑選的對象也非庸俗之人。

他不會去貶低滿額大汗、辛勞工作的人們，也不想誘騙純樸天真的少年少女們。他主要是針對邪魔歪道的惡人們。但如果只是小奸小惡也很無聊，他會養育他們，等他們茁壯成一定程度的惡人後，便會開始散發出一股芬芳。而當他們開始藐視世間、自視甚高時，就是收穫之刻。

他已經完成了殺無生的收穫。

掠風竊塵覺得這次的收穫還不錯。被稱作地下社會的那些人們看似凶狠，其實也會露出純粹的一面。所有人心中都有個鎖孔及鎖，將自己的言語插入鎖孔，將鎖爆破，是非常壯觀的。

殺無生還活著，那雙劍不見一絲遲緩，比起一對一，投入這種戰場上更能發揮價值。在這種情況下想好好出招，就沒有時間閃躲攻擊，原本百人圍攻一人的對峙下，殺無生只有被消磨、擊潰的份而已，但掠風竊塵猜測殺無生能夠殺出重圍。不過這樣一來，一切也都結束了。殺無生雖然放話會找到他，然而只要掠風竊塵想，就能藏身到一個他絕對找不到的地方。

掠風竊塵心不在焉地看著眼前的無謂掙扎，將心沉靜下來，開始思考別的事。

先前殺無生第一回合的對戰對手，殘凶。

殘凶本人雖然只是個不起眼的小惡人，但在煽動殺無生上發揮了效用。他來參加這場大會，好像也是盯上了神誨魔械。而那個獎品就如他跟殺無生說的一樣，只是個近乎完美的贗品。

他讓這個消息不著痕跡地傳到殘凶耳裡，接著只要滿足他對劍技較量的好奇心，比一場可以投降的比賽，他就會爽快地收手了。若連殘凶都認真拿出全力來，事情就麻煩了。

殘凶似乎是受到他所屬的「玄鬼宗」一派的魔主所命令，才來參加這次大會。從幾屆前開始，玄鬼宗必定會派一人參加，這是為了確認神誨魔械的真偽。若是真品，那個魔主想必會自己現身；但神誨魔械珍稀無比，在上千贗品之中，恐怕只有一個是真品，輕易出動只會落得徒勞無功。

不過一旦知道是真品，他必定會現身的吧。

那個什麼魔主的，在大會上跟無雙劍聖．鐵笛仙究竟會有什麼樣的交鋒？他開始想像著，同樣抱持著一門一派的名譽，他們會如何一決勝負呢？有一瞬間，掠風竊塵享受著這樣的想像。

若有人問他，倘若殺無生真的在大會上取勝，會不會創建這樣的門派，集合一群人，並靠這小小才幹維生？掠風竊塵只會嗤笑以應吧。

打從一開始就不可能。

根本辦不到。

曾一度脫離人生的框架、失去軌道的人，想奢求平凡的幸福本就是痴心妄想，對他們來說太過奢侈了。假設真的得到了，殺無生總有一天也一定會破壞這份平凡，以微不足道的理由親手將它摧毀。掠風竊塵敢如此斷言。

過著不平凡的人生就是這麼一回事，犧牲未來，換取當下剎那的享樂。想兩者都擁有，不是太不自量力了嗎？

他不過是提前實現遲早會來臨的毀滅與破碎罷了。

自己理應被感謝才是。掠風竊塵神色認真地想著。

他羨慕能迎來這種毀滅的人生。掠風竊塵自己也是個從人生中脫軌的人。

殺無生仍然站著。他還能活著已經很厲害了。

士兵數量終於減少了一半以上，他的精神與體力應該都已經到達了極限，動作的速度卻漸漸變快。根本已經接近死人狀態的殺無生，一定沒有察覺自己的劍術正越來越強，如今的他就算不耍些小把戲，也能打贏劍聖吧。

可惜的是，正是因為終究成不了劍聖，他才能到達這個境界。

甘於劍鬼一途，才能到達極限之後的境界。

如果是劍聖的話，就無法變得這麼強大了吧。

若要說是業障，也算是業障，說是一種諷刺也可以，是悲劇同時也是喜劇。這又再度讓掠風竊塵心中感到愉悅。

但殺無生對他已經沒有用處了。

他必須再找下一個人，不然的話自己一定也會崩壞。

他開始想著有關玄鬼宗一派的事，不只是殘凶，而是他所屬的整個組織。他開始尋思著那個地位最高的魔主，他曾聽說過對方。畢竟他有著龐大的知識，並試著搜尋了儲放在腦海裡那個書櫃中的知識。

腳下是城牆的邊緣，殺無生已經殺了第七十個人。

他不在乎了。他雖然將煙灰朝下撣落，卻因為被風吹散而落不到地面上。掠風竊塵重新裝填菸葉，將火點燃，呼著紫煙深思起來。

「雖然還需要再確認一次……但我記得玄鬼宗一派的根據地是在七罪塔吧？」

他在腦海裡描繪著地圖。東離土地相當遼闊，由此去到七罪塔要花半年，加上事前的調查與準備，或許就要花上一年。

思考到這裡時，一股猛烈氣勁由下而上吹來。

殺無生以外勁擊飛了大部分剩餘的士兵，閃耀著無數光芒的刀劍氣勁交錯飛舞，噴濺出鮮血飛沫。

「……什麼嘛，還以為是太過疲勞所以使不出來，原來只是忘了啊？現在已經不是比賽中了，外勁也好、其他招式也好，都可以自由使用。殺無生這傢伙還真是個一次只能思考一件事的男人啊。」

這幾年的籌備有了回報，簡簡單單就煽動他了。

無須刻意說謊，也不用謀略算計，將一切設計得讓他認為是自己所選擇的，才是這場遊戲的精髓。要讓他自覺自己並非被騙，而是太過愚蠢，才是最重要的事。

衛兵們被殺無生的劍法打得零零落落，還站著的人已經所剩無幾。

劍技會也算是顏面掃地了吧。

光憑一個惡人就能把大會擊潰成這樣，看來傳統與名譽也支離破碎了吧。這種自以為了不起、以裝腔作勢的權威定奪他人劍技的劍技會，原本就令掠風竊塵覺得刺目，這次剛好就順便下手了。

「鳴鳳決殺」此名也必定能更惡名遠播吧。

若是不夠響亮，就由掠風竊塵來打響它。

那裡才是這個男人應該存在的地方。

而掠風竊塵一點也不會承認曾跟殺無生同行過。

——他好好待在他該在的地方。

——我有我該走的路。

最後一個士兵的首級被斬飛，成堆屍體的中央遍地鮮血，殺無生如幽幽鬼魂般佇立著，佇立在淹沒腳踝的血泊之中，腳下踩著堆積如山的內臟。殺無生處在連自己都忘了為什麼要這樣做的狀態下，只是直直地凝視著城牆上的掠風竊塵。

憤怒著，但已經忘了為何而憤怒。

殺無生只是憎恨著。本來以他的狀態，就算死了也不意外，但他仍以雙腳站著、雙手也不曾放開雙劍，就這樣緩緩地如大病初癒的人般，一步一步蹣跚地朝掠風竊塵走近。

縱使殺無生真的能來到城牆上，也已無力斬殺掠風竊塵了。唯有情感、唯有思緒，讓殺無生還能站在這裡繼續呼吸、散發著敵意。

「……你很優秀哦，殺無生，讓我的精心栽培有了回報。但跟你的遊戲就到此結束了。我也不是想要你死，只是想要你領悟，並重新客觀審視自己罷了。自己是誰、又該待在何處，你現在已經充分明白了吧？所以你該稍稍休養一下，再朝著自己所想的道路前進吧。」

這到底只是他的呢喃，城牆下意識恍惚的殺無生聽不見。

就算聽得見，他也無法確定現在的殺無生能否理解這些話。

不過無論是何者，掠風竊塵都無所謂。

但是……

對殺無生來說……

這對他來說絕不是無所謂的事。他從來沒有這麼恨過一個人，甚至未曾想像過自己會有今天這麼屈辱的一日。堂堂的我、堂堂的劍鬼、比誰都還清楚自己只能是劍鬼的我——殺無生，竟會夢想自己能成為劍聖。他悔恨自己，居然曾經愚蠢到夢想自己能設立道場、守護百姓、拯救弱勢。於是那種心情轉化成憎惡，殺無生踏出腳步。

城牆上的那人，已經不是旅伴也不是朋友了。

對掠風竊塵來說或許打從一開始就不是，但對殺無生來說並非如此，直到今天的此時此刻之前，他都還認為兩人是旅伴、是朋友——那個男人是我的朋友，是我曾經信賴、一起談天說笑的人。

所以才要殺了他。

無論發生什麼、要犧牲多少人，都一定得殺了他！

身處無數殘骸屍橫遍野中，殺無生只想著這件事，即使面對被釘在城牆上的師父遺骸，他也毫無感慨，沒有浮現任何情緒，心中只有怨敵的名字與身影。

掠風竊塵。

掠風竊塵。

他反覆唸著這個非殺死不可的對象名號，一邊反覆唸著，膝蓋也逐漸彎曲。殺無生一面吼叫，一面試圖將自己快碰到地面的膝蓋喚直，化怨念為力量，注入自己即將不支倒地的身軀，努力讓自己站著。

沒有必要去尋找。

沒有必要將其他人捲入是非。

無庸置疑的，對方就在自己伸手可及之處，趁現在跟他一決勝負就好了。即使耗盡我一身精力，只要這雙劍的其中一把能砍中掠風竊塵，便一定能殺了他！

因為深信這點，殺無生彷彿要燃燒盡自己剩餘的壽命般，發揮出全身力量。

這讓悠然坐在城牆上眺望一切的掠風竊塵稍稍動搖了。

宛如指尖沿著背脊由上往下描劃一般，豆大汗珠自掠風竊塵身上滑落。

殺無生賭上了魂魄，想去到掠風竊塵身邊。他口中吼出的咆哮已然不是人類的聲音，也不是高貴的鳥鳴聲，那無疑是邪鳥、鬼鳥的刺耳啼聲。

他使不出外勁，氣勁早已所剩無幾，到不了城牆之上。

那就使用流星步。

儘管在此使出流星步，不小心就會一步離開這裡了，畢竟比不上師父那麼精巧的短距離移動。但只要朝掠風竊塵所在之處使出流星步，殺無生的軀體就能一步越過掠風竊塵的頭頂，只要朝著上方踏出一步就好了。

兩招。

只要兩招，就可以由上劈開那張眉清目秀的面容。

兩招就能結束了。

「……原來如此，這招或許可行呢。」

掠風竊塵佩服地低喃著。

他是真心佩服，沒想到那副身體竟然還有戰意。

「但是啊，你跟我也不是明天就會死，我建議你還是等下次再挑戰會比較好哦。你看看你，因為太亂來了，現在就連肩膀也抬不起來、呼吸也很紊亂。儘管你在這裡成了天下無雙，但那個傷總有一天會讓你退到二流劍客之列的，殺無生。」

這是胨腑之言，掠風竊塵也希望他能聽進去，所以以從容、高亢且清晰的聲音告訴他。殺無生之所以可以在這裡擊退師父、以一敵百，只是因為他的憤怒。憎恨會留下，屈辱也都不會消失，但怒氣是絕對會消散的。

剩下的，只有在此妄動而失去完全康復希望的舊傷。

相反來說，若現在在這裡的對手是魔神，殺無生或許也能憑手中雙劍打敗對方。但肯定的是，他自己也會在此磨損殆盡。掠風竊塵提出的，是能讓對方免於衝動而死的高見。

你一旦死了就沒意思了。殺無生很樂於選擇死亡，然而他得償所願死去的景象卻一點也不令掠風竊塵愉悅，所以他才會對殺無生這麼說。

掠風竊塵的聲音無疑傳到了殺無生耳裡，但他已經無法理解這些話的含意，也不打算去理解。他已無意聽進掠風竊塵的任何言語。

步履踉蹌，眼神濁如死人的殺無生睨著城牆上。

沾滿鮮血的雙唇重複著斷斷續續的呢喃，持續唸著對方的名字。

「掠風……竊、塵……」

「哎呀，忘了說，這只是一個稱號，就跟你的鳴鳳決殺一樣。我的名字叫做凜雪鴉，如果你聽得見，希望你能記一下，被叫綽號其實是很不舒服的，尤其是綽號被當作暱稱的時候。」

「掠風……」

「還要這樣叫呀，真是個記性差的男人。」

「掠……」

這是稱呼曾經的朋友時所用的名字。既不是掠風竊塵也不是凜雪鴉，被他單單稱作「掠」的這個人確實存在殺無生心中，然後就像風一樣被掠奪而去，一絲塵土都沒留下。

「殺了你。」

他只呢喃了這麼一句。他要以兩招殺了對方，輕而易舉地殺死這個他曾經以為是朋友的人，即使這樣會精疲力竭而身亡，他也一定要殺了對方。殺無生的腿已經站不直，只能拖著腳步前進，但必殺的決心猶如一股不可動搖的意志，鮮明烙印在他心中。

可能連揮舞雙劍都沒辦法。

——那就用拳頭毆死他。

恐怕連拳頭都握不起來了。

——那就把他勒死。

如果連勒死他都沒辦法的話，不如就像個惱羞成怒的女人一樣，用指甲抓、用牙齒咬，也要把那個男人殺了，無論如何都要殺了他不可。如果自己成功辦到的話，你終究也會承認我的吧？殺無生心想。

你覺得我配不上你對吧？能力不夠對吧？

但如果能殺掉你，就另當別論了吧？

這樣一來，你就會承認我有資格當你的朋友了吧？

既然如此，自己就使出全力，就算燃燒了靈魂也要使出這兩招。

——流星步。

是流星步，不是從正面而來，而是以頭頂為目標的流星步。只要使出這招，就能奔赴至他心心念念的對象頭上，掠風竊塵還在那裡，在城牆上一動也不動——我還是受他期待的，此時不讓他刮目相看，更待何時？

「……流……星……步……」

他輕喃，全身充滿力勁。他還能讓對方滿意，還來得及，他還碰得到。

他能碰到掠風竊塵。

殺無生深信自己這隻手碰得到他。

然而……

然而卻……

殺無生發出懊悔的悲鳴，蹲了下來。他連流星步都使不出來。

因為掠風竊塵從煙管點燃了赤紅的火焰。

那是千里之外也能辨識的閃亮火光。

而一支從千里之外射來的箭矢，就這麼刺入殺無生大腿並震動著，想忍受這陣劇烈的疼痛是不可能的。耗費了這麼深的執念，如今別說流星步，他連站都站不起來。

殺無生倒臥在深深血泊中，臉朝下地倒在血泊中。

碰不到他。儘管殺無生都已經衷心盼望了，卻還是碰不到他。

「……你自己應該知道，我也看過你實踐過了。流星步出招時，渾身都是空隙，跟你封住你師父的招式是同樣的道理，這也是我坐在城牆上的原因。萬一你真的突破重圍、存活下來，我想你一定會使出流星步來到這裡。」

所以他坐在高處。

為了能輕易傳達信號給等在遠方的弓箭手。

最重要的是為了誘導殺無生，讓他認為除了流星步之外別無他法。

掠風竊塵以左手轉著煙管。

「……你就努力養傷，好好養精蓄銳吧，殺無生，嗚鳳決殺。然後，你如果可以忘記我，我會非常感激的，畢竟排隊想殺我的人太多了，我不太想看到你也在那個隊伍裡啊。話又說回來，你先前不是說得好像自己親身領悟了一樣嗎？如果發現打不過對方，也不吝投降。這場仗，是我贏了。」

殺無生意識朦朧地想著，難道他要成為凡夫俗子之一了嗎？

在上百凡俗之群中，要多一個自己。

掠風竊塵口中「其他許多人」這種紛雜的統稱裡，他也將成為其中之一。

就算再如何意圖振作，殺無生也已經無法站起身了，只能如血泊中苟延殘喘的螻蟻般，蠕動掙扎著。

「……殺了你……一定會、殺了、你……我絕對會。」

殺無生道出自己的決心，他一定會從上百凡夫俗子中脫穎而出給他看。

然而對手的掠風竊塵早聽慣這種話了，他無動於衷，也不會記得。他從這個充斥殺戮血腥味的地方，了卻一切般的自城牆上跫音不響地離開了，遠遠地離去。

趴臥在地的殺無生無法挽留他的離去。

縱使腳步蹣跚，他仍舊站得起來。由於眼下連將雙劍收回劍鞘都無法做到，他索性放開雙手，將武器丟入血泊中。

他站起身，將銳眼穿楊射來的那支筆直插在大腿上的鋼矢用力拔出，丟棄在一旁。

……用蠻力撬開鎖這種事……

腦海中閃過的，是他曾經喚作朋友的人所擁有的特長。

這也是沒辦法的吧，自己能做到的只有這樣了。

他再度雙膝跪地，但沒有趴倒。殺無生只是愣愣地支撐著自己的身體，看見夕陽開始西沉，黑暗即將到來，這座淒慘的競技場、師父的遺骸以及他自己，都將完全被黑暗籠罩。

以往最熟悉、最親近的黑暗即將來臨。

那人並非照入黑暗的一道光，而是變本加厲把黑暗塗得更為漆黑。儘管如此，那些覺得活著真開心的瞬間、那些時光、那些彷彿被篝火烘暖的一個個剎那，殺無生仍舊無法完全捨棄。

他於是大聲吼叫。

從體內吼叫出聲，像是足以逼出血淚，宛如由地面擊碎白晝的雷聲般吼叫出聲。

吼叫著宿敵的名字。

吼叫著他曾信以為友的名字。

一次又一次吼叫著。

不久，日落的黑暗將一切吞噬殆盡。

刑亥篇

一

這是一片多雨的土地。

蓊鬱森林前綿延橫亙的群山，將雲留滯於山間，蓄積的雲，隨著山氣注入這片土地。雲氣成霧、成雨，將整座山國染得濕漉。仲夏不絕的雨，孕育了草木，創造出一片豐美的自然景色。

翠綠得刺目的山林一角，被雨霧籠罩的山谷開闊處——朦朧聳立著一棟與山林毫不般配的奢華樓閣。

正門、外牆、屋頂，以至樑柱都雕鏤得五彩繽紛，其豪華絢爛，足以讓穿越山林來到這座樓前的人錯覺，以為自己迷途誤入了仙鄉。

——八仙樓。

擁有此名的樓閣，是從何時起存在、又由誰所建造的，連當地的人都無法肯定。有一說是窮暮之戰後，渴望逃離荒敗俗世，隱居山中的厭世富豪所建造的。

如今居住在八仙樓裡的，乃是一名跟當年富豪毫無關係的女主人，以及數十名男子。

——孌娘子。

這是那名女主人的慣稱。

這名孌娘子究竟是何時入住八仙樓，也沒人能確定。不知打何時起，她就住在這幢理應空無一人的八仙樓裡了。

孌娘子平時雖隱居於八仙樓中，但每個月會乘著轎子下山一趟，前往鎮上。見過她姿容的人都異口同聲地表示：

——她是東離第一美女。

無論是創世的女神、仙界的天女，甚至是帝王的寵姬，都不及八仙樓的孌娘子。

嚴謹持重的出家人、行將就木的老翁，抑或還在吃奶的嬰孩，只要是男人，見了孌娘子一眼就會害相思，不惜拋棄妻小、戀人、財產甚至性命，慕名前往八仙樓。

這風評可說有些誇大。

但是比起美貌，孌娘子更著名的，乃是其極度貪色的性格。

孌娘子下山來到鎮上的目的，是為了尋找容貌俊美的男子。

孌娘子若看中了哪個美男子，就會將他帶回山裡，讓他在八仙樓內服侍。

據說，在與世隔絕的山中樓閣裡，孌娘子與她所聚集的美男子們過著極盡荒淫的頹廢生活。

接下來所要講述的，乃是這名美麗妖異的絕世毒婦孌娘子身上所發生的，魔幻離奇、怪力亂神的故事。

話說，這裡是孌娘子所居的八仙樓前。

飄潑雨中，有幾人正大聲咆哮，呼喊孌娘子的名字。

「出來啊，孌娘子！」

「魅惑男人的蕩婦！把妳拐走的男人還回來！」

大聲喊叫的，是兩個結實精壯的男人。兩人神色剛毅，手中握著懸掛鐵環的杖，一身行走江湖的武者風範。

兩人身後是一名纖弱的年輕女孩。有別於兩人，她雖然沒出聲呼喊，但蒼白的表情上透露堅強的決心，熠熠生輝的瞳眸牢牢盯著八仙樓。

男人們暫時停下呼喊，轉頭看向女孩。

「放心吧，我們會把妳被搶走的未婚夫要回來。」

男人說道，爽朗地笑了。女孩吐出不安的聲音。

「但是……我不希望惹事……」

「啊，別擔心。要跟變娘子那傢伙談判的是妳，但不敢保證對方不會動粗，到時我們會保護妳，也能稍微嚇嚇她們，這樣一來交涉也會變得比較容易。」

「感謝二位，竟然為了非親非故的我做到這種地步……」

「不算什麼，妳對我們有著一宿一飯之恩。」

「再說，看到像妳這樣的姑娘有了困難，就忍不住想多管閒事了。」

兩名好漢害臊地搔搔鼻頭後，又轉回八仙樓，再度大聲喊叫起來。

「真的太感謝二位了……」

女孩眼角滲上淚水，深深低頭道謝。

她是山腳下小村裡一個地主的女兒。

有一位從小就兩情相悅的青梅竹馬，並決定了在初秋跟他結婚。

但數天前，女孩未婚夫那張端正的相貌，被下山的變娘子看中，帶去了八仙樓。

女孩雖然想奪回未婚夫，但在八仙樓裡服侍的男人有幾個身手相當了得。只靠村裡的男人也無能為力，女孩只能終日以淚洗面。

就在此時，來到女孩家的，就是現在正昂聲大喊的兩名男子。

遊歷各地的兩名武者原本只是來借住一宿，因為同情女孩遭遇，提議要替她奪回未婚夫。

女孩還以為江湖人都是些無賴流氓，原來其中也有俠義心腸這麼深厚的人，不禁感動肺腑。

不知喊了多久，八仙樓的大門終於從內側被粗魯地打開。

「喂！吵什麼！來者何人！」

「竟敢跋扈地登門大罵變娘子大人，無禮之徒！」

語氣激動地從門內蜂湧而出的，是十幾名以刀劍武裝的男人。毫無例外，全都是容貌端正的美青年，臉上甚至塗著薄薄脂粉。

但他們並非一般的斯文男人，一身與長相毫不相襯的健壯體魄，持刀握劍的身法架勢也很像樣，看來武藝造詣不淺。

但答應幫助女孩的兩名武者毫無懼色。

「不是要找你們！快叫變娘子出來！」

「把拐走這姑娘未婚夫的惡婦交出來！」

兩人勇武地吼回去，美男子們氣紅了臉。

「混帳！還敢侮辱變娘子大人！」

「你們這種粗人，變娘子大人怎麼可能接見？滾！快滾！」

「再賴著不走，繼續惡言侮辱變娘子大人，就馬上殺了你們！」

美男子們氣勢洶洶，隨時要揮劍斬來。但兩名武者只是嘲諷地大笑。

「哈哈哈！殺了我們？真有趣。你們這麼柔弱，殺得了我們這種江湖人嗎？在這姑娘面前我們雖然安份，但你們若是反抗，我們也不介意把那個變娘子用力拖出來！」

「放肆！」

美男子與武者瞪視著彼此，場面一觸即發。女孩只能提心吊膽地在一旁看著。

就在此時，雙方霸氣對峙的空間中，突然響起一道澄澈嗓音。

「——發生什麼事了？」

是宛如神韻般的清澈嗓音。

登時，美男子們身上的殺氣消散。取而代之拂上面容的是困惑，或者該說，是陶醉其中的神色。

看見方才還蠻橫粗暴的美男子們神色驟變，兩名武者與女孩面露訝異。

「變、變娘子大人……」

「您是特地出來的嗎……？」

「此處很危險，還請您退下。」

美男子人群中，傳來這樣幾句話。

人牆對側有人，而美男子們正對著那人講話。

（變娘子！）

女孩直覺是她，為了一睹誘拐自己未婚夫的惡女，女孩從武者們身後探頭窺視，看見一人從人群裡輕踏蓮步，文靜走出。

（這人就是變娘子……!?）

女孩大感意外，不敢相信自己的眼睛。

讓數十個男人服侍自己的妖婦、魅惑男人的大淫女——聽過這些風評的女孩，還以為變娘子必定是個高貴優雅、有點豐腴的半老徐娘。但是，如今現身眼前的變娘子，與她的想像大相逕庭。

窈窕身軀穿著薄紫旗袍，眼睫細長如刷毛，瓷器般的白淨面容惹人憐愛，甚至有些天真無邪。澄澈的蒼藍瞳眸儼如碧玉，雙唇則是桃李般的薄桃色澤。

身段楚楚可人，宛如畫卷中我見猶憐的純情少女，就佇立在女孩面前。

八仙樓變娘子的傳聞，在女孩幼時就流傳甚廣。而如今出現在眼前的變娘子，看起來只像個十幾歲少女，甚至比女孩還要年輕。

——仍是好美。

這張美貌彷彿閃耀著光芒——甚至散發某種神聖。

同為女人的女孩，一時也看得出神了。

心裡彷彿醉得迷迷糊糊，

——好想一直盯著她啊……

——好想一直、一直欣賞這份美麗啊……

腦海中甚至閃過這些念頭。

但女孩隨即想起，眼前的少女就是奪走自己未婚夫的可惡女人。

（不行！）

她在心中喝斥著受到迷惑的自己，從兩名武者身後走出，衝口出聲說道：

「妳就是變娘子嗎？」

變娘子唇畔浮出若有似無的笑，露出訝異的表情。

女孩只覺得她面目可憎，更抬高音量道：

「我是村裡地主的女兒！妳拐走了我的未婚夫，快把他還來！」

孌娘子微微歪頭疑惑，如小鳥般可愛的模樣，讓女孩不禁懷疑起，眼前的少女真的奪走了自己心愛的男人嗎？

「被我拐走的……？妳的未婚夫……？」

孌娘子輕吐出聲，悅耳的嗓音如大珠小珠落玉盤。

「抱歉，我完全不清楚妳在說什麼呢……」

「李青！」

女孩受不了她的裝傻，放聲大吼。

「李青！我被妳搶走的未婚夫叫做李青！把李青還給我！」

相對於女孩的激動，孌娘子冷靜得有點可憎。

「李青……李青……」彷彿努力回想著被遺忘的事，她重複唸著這個名好一會兒，才恍然大悟地「啊」了一聲。

「我想起來了，李青確實在這裡。他是妳的未婚夫？是個很棒的人呢。可是好奇怪啊，妳是不是有點誤會了？」

孌娘子毫不拘謹的口吻，彷彿正與閨中密友對話。

「誤會？」

「是啊。我並沒有誘拐李公子，李公子是自己來到我身邊的。原來他有個這麼漂亮的未婚妻，我完全不知道。」

「胡說！李青才不會自己去找妳！」

孌娘子皺起了可愛的眉。

「真是苦惱，該怎麼說妳才會懂呢……」

「把李青帶出來！讓我直接跟李青說！」

「嗯，說得也是，就這麼辦吧。」

孌娘子意外乾脆的應允，反倒讓女孩有些失望。

孌娘子吩咐身邊的美男子，讓他們將李青帶出來，接到吩咐的美男子朝八仙樓裡退下。

女孩盯著孌娘子，無聲等待著心愛的未婚夫出來。

不一會兒，美男子帶著一個人從樓閣裡走出。

「李青！」

女孩歡喜地喚出聲，表情卻隨即一僵。

「李青……？」

走出來的未婚夫——神情已經跟她認識的李青全然不同了。

原本端正的臉鬆弛無力，嘴角垂著口水，眼神空虛混濁，彷彿還在作夢，連步履都像酩酊大醉一般。

「李青！李青！你怎麼了？李青！」

無論女孩怎麼叫，李青都不屑一顧，混濁的眼神始終不離孌娘子，顯然不是神智清醒的表情。

「李公子，這個姑娘說她是你的未婚妻呢。」

孌娘子對著李青說道。

李青看了女孩一眼，視線又馬上轉回孌娘子身上。

「不認識。」

他答道。

女孩的臉一瞬蒼白。

「李青！你在說什麼？你醒醒啊，李青！」

女孩泫然欲泣地叫著，但心愛的男人彷彿壞掉了一般，不斷重複著「不認識，不認識」。

孌娘子在李青耳畔低語。

「吶，李公子，你這樣裝作不認識，她也未免太可憐了吧。你在來到我這裡時曾說過不是嗎？除了孌娘子大人以外，其他誰也不愛，所以我才答應讓你留在這裡的。不過，你要是有個這麼漂亮的未婚妻，還是回到村裡比較好吧？」

李青一聽，臉刷地扭曲。

他嗚咽出聲，隨即趴在地上哭喊起來：

「不要，我不要！孌娘子大人，不要拋棄我！我只愛孌娘子大人一個！請讓我留在這裡！請好好疼愛我！要是被孌娘子大人拋棄了，我只有死路一條了！」

一個大男人不畏眾目睽睽，像個孩子一樣抽抽搭搭地哭起來。

這怪異的情景讓女孩顫慄退了幾步。孌娘子一臉憐憫地看向女孩。

「就是這樣。不好意思呢，李公子他好像已經不想回到妳身邊了。」

女孩臉色蒼白，顫抖著身子。

比起曾衷心發誓會以愛守護自己一生一世的未婚夫突然變心的傷痛，過往精悍而有男子氣概的李青竟劇變至此，女孩更感到恐懼。

她重新一瞥變娘子的美貌。

燦爛生輝的美貌——光看就覺得腦髓要融化般的銷魂麗容。

變娘子身上所發散的美麗可見光，彷彿透過視網膜，直接到達下視丘。下意識想跪下讚頌變娘子的誘惑驅策著自己。

麻藥般、洗腦光線般——不屬於這世間的美貌。

——魔性！變娘子是個魔女！

能擁有這種無匹美貌的人，不可能是尋常人類。

她所愛的未婚夫，受到變娘子魔性的美貌所魅惑而失了理智。要是繼續讓李青處在她美貌光線的範圍內，他不知道會變成怎樣。

女孩狼狽哭倒，揪著李青，懇求地呼喊：

「李青！李青！回去吧！就是因為在這種女人身邊，你才會變得這麼奇怪！不能待在這裡！跟我一起回到村裡吧！」

但李青抗拒地搖著頭，撥開了女孩的手，對她的話充耳不聞，女孩只好回頭向兩位武者求助。

「兩位，請幫幫我！幫我把李青從這裡拖回去！」

氣。

然而，她愣然了。

兩人的眼神早已牢牢盯著孌娘子，表情遲緩無力，完全沒了方才與美男子們爭論的霸氣。

「喂，幫幫我吧！拜託了！」

聽到女孩第二次求助，兩名武者才回過神來。

「噢、噢……沒錯……」

「嗯、嗯……」

兩人雖然回應，卻一動也不動，飄忽不定的眼神來來回回看向了孌娘子又移開。

「拜託，快點！」

「哎呀，兩位真是健壯。」

女孩的焦急聲中，突然傳來孌娘子的嬌嗓。同時，一股馥郁的薰香飄來，香氣竄入鼻腔，兩名武者登時僵直起來。

「是旅人嗎？」

被孌娘子這麼一問，兩人哆嗦地顫著身軀。

那張滲出涔涔黏汗的臉，是在心中天人交戰的表情。兩人正拚命抵抗孌娘子所散發的美貌魔力。

「方便的話，要不要進來用個膳？我也想聽聽你們旅行的故事。」

聽見變娘子豔麗的笑聲，兩名武者的臉鬆垮下來。

「用、用膳啊……」

「怎、怎麼辦？只是用個膳的話……」

兩人面面相覷，但身體已經逐步往變娘子的方向走去。他們也被變娘子美貌的妖術所誘惑了。

「不行！不能過去！」

女孩竭力一吼，兩人總算停下了腳步。他們緊咬牙關，表情痛苦地將目光從變娘子身上移開。

此時，變娘子視線往下一瞥，微笑了。

「哎呀……變得那麼大……」

臉頰朱紅的變娘子目光所向，正是兩名武者的胯間。

只見那裡有著勃然屹立、撐起了衣服的一物。

兩人一直抵抗著變娘子的誘惑，然而肉體卻脫離了精神的掌控，朝著變娘子而去，胯間之物也賁張起來。變娘子的清澈目光撫過兩人胯間，兩名武者光想就心癢難耐。

但他們不愧是江湖好漢，漲紅了臉，仍繼續對抗著那份難耐。

不過這份忍耐，卻被變娘子接下來的話給輕易攻陷了。

「那麼大的東西……讓我幫你消下來吧？」

這句話崩壞了兩人的理性。

他們彷彿被施了催眠術般，顛顛晃晃地走向變娘子。俠義心腸的兩名好漢，頓時也成為了變娘子惡魔美貌下的俘虜。

「等、等等！求求你們！不要過去！」

女孩抓住武者的手，想阻止他們。

然而，武者們性情大變，以幾乎判若兩人的冷淡態度說了一句：

「吵死了！」

他們隨即推開了女孩。

被推倒在雨水打濕的地上，一身泥濘的女孩猛地抬起頭時，見兩名武者已經跟在變娘子身後，頭也不回地與一眾美男子魚貫走入八仙樓。

女孩在那群人中看見了心愛的未婚夫身影，大聲喊叫著：

「李青！李青！快回來！李青！」

但她的吶喊不過是徒然，曾經是她未婚夫的男人與兩名武者以及美男子們，一起消失在八仙樓的門內。

不久，無情的聲音響起，門被關上了。

冷雨嘩嘩下著，彷彿嘲笑著被獨自留在門外的女孩。

二

夜晚，八仙樓裡傳出野獸般的長嚎。

兩個男人的聲音時而如悲鳴、時而如啜泣，從八仙樓的女主人孌娘子的蘭閨之中傳了出來。

白日被請入樓內的兩名武者正與孌娘子互相挑逗。

來到八仙樓的武者們，接受了美酒美食的款待，醉得暈頭轉向。不，應該說，這兩名武者在八仙樓門前第一眼見到孌娘子時，就沉醉在她無人能敵的美貌中了。

兩人的思考已然麻痺，在方才的盛宴上，也只想著要一抱孌娘子的如花身軀。想當然耳，答應要幫地主女兒的忙，早就被拋諸腦後了。

宴席何時結束，三人的房事又是自何時開始的？兩者的分界相當曖昧。在啜飲美酒、享用美食的同時，三人就開始互相挑逗，回過神來時，已經正往閨房移動了。

孌娘子的房事，是與她楚楚可憐的外表不相符地強烈與刺激的。

房中流露出的嬌聲，主要都是武者們發出的，兩個身強體壯的男人，身體的各個部位都受到孌娘子靈巧且驚人的性技所征服，沒出息地叫出了聲。

叫聲迴盪在樓內，居住於此的數十名美男子們聽得心情鬱悶。

一想到他們敬愛的孌娘子，如今竟被一身汗臭的江湖人抱著，煎熬得心臟都要裂開了。

與這份煎熬相反的，是孌娘子喘息間發出的甜美嬌聲，混雜在武者們的歡愛聲中，不斷撩撥著美男子們的慾望。他們一面咬牙忍著瀕臨極限的嫉妒，一面套弄著胯間無法鎮靜的賁張之物。

夜闌更深時，閨房傳出的惱人聲響終於安靜下來。

閨房的床榻上，被榨乾了精液的兩名武者不省人事地酣睡著。

一絲不掛的孌娘子抽著細長的煙管，眼神冷冷地看著二人。

突然，她察覺房內有動靜，身子微微一震，看向室內的角落。

那裡不知何時蟠踞著一團黑靄般的物體。

變娘子毫無顧忌地一笑，朝那團黑靄出聲：

「哎呀，刑亥姊姊，妳來了呀？」

黑靄沉澱下來，緩緩形成旋渦。

與此同時，黑靄中傳出了低沉的女人笑聲。

——呵、呵、呵、呵、呵……

伴隨著騰騰妖氣，黑靄漸漸凝固，化作人形。

彷彿從泥濘中浮出般，一張蒼白的女性臉孔率先成形，接著是黑髮，最後，一身黑紅衣裝的軀體也出現了。

「……看妳玩得正愉快，可讓我久等了。」

現身眼前的女人開口了，是陰沉中卻帶著明顯傲慢的嗓音。

蒼白的膚色彷彿生長於不見天日的幽洞深處，隔著服裝也看得出肉體的成熟豐滿，長髮透著烏黑光澤，是個與惹人憐愛的變娘子對比鮮明的美豔女人。

她所擁有的美色，只要是男人都無法視若無睹，卻沒有任何人類男人敢搭訕這個女性。

細長的瞳眸中閃爍著毒蛇般危險的顏色，尖細的長耳，以及頭部一對水牛般的角都在在顯示，這個女人不是人類。

——是妖魔。

是在窮暮之戰時陸陸續續從魔界前來擾亂人世的傢伙們。戰火平息後，他們並未回歸魔界，而是潛伏於人界，繼續鑽研著不屬於人世的邪術妖術。

孌娘子口中所喚的刑亥，就是這樣的妖魔之一。

然而即使面對擁有魔力的人，孌娘子依舊毫無懼色。

「妳一直看著嗎？真是害羞。」

孌娘子如純真處子般紅了臉頰。

但刑亥明白，這個妖異少女就算自己的房事被看到了，也不會有什麼羞恥的念頭，那是她調情的戲碼，世間的男人都被這戲碼給騙了。

刑亥以輕蔑的眼光看向一旁睡得不省人事的兩名武者。

「今晚找了挺不怎樣的傢伙進來呢。」

孌娘子呵呵地笑了。

「一直吃山珍海味，偶爾也會想換換口味吧？我也想嚐點奇特的東西。而且他們雖然其貌不揚，但身材不是不錯嗎？所以我本來以為多少能享受到的……沒想到無趣至極。」

變娘子冷酷的目光瞥向兩名武者。

「沒有留在這裡的價值，明天就讓他們走吧。」

她乾脆說道。

但是這句話蘊含著比字面上更殘酷的意義。

一旦受到變娘子魅惑、嚐過她肉體的滋味後，就沒辦法脫離變娘子而活了。

被變娘子捨棄的男人，會因為過於絕望而生出心病，更甚者還會自己了結性命。總之，這兩個武者已經無法再行走江湖了。

「恐怖的女人。」

刑亥說道，隨即諷刺一笑。

再怎麼嚴肅高潔的男人，都逃不過變娘子美貌的誘惑。

這名叫做變娘子的女人——擁有蘊含這等魔力的美貌，卻只是個凡人。

她並未用妖術、邪術之流來迷惑男人，純粹藉著這張容貌就讓男人痴狂，這點連身為妖魔的刑亥都感到相當戰慄。

若是使用妖術或咒術，只要張開結界，或將護身符帶在身上，終究有辦法防禦。

然而，防禦美麗的方法卻不存在。

就算為了不看到她的美貌而矇住眼睛，孌娘子甜美的聲音也會傳入耳裡；倘若塞住耳朵，她身上散發的香味也會侵入鼻子；即使眼、耳、鼻全堵住了，只要孌娘子柔軟的纖手一摸，男人就會被魅惑。從孌娘子這個移動式催情兵器之下逃離的手段可說是不存在。

「像妳這種女人，為何生作人類的小孩？我常常覺得疑惑。」

聽到刑亥的話，孌娘子咯咯輕笑，回應道：

「這是天命。」

聽到這麼誇張的回答，刑亥微微顰起了柳眉。

「是上天賜與我這份美貌的。這是天命，要這世上所有的美男子都拜倒在我裙下，任我盡情享受，天上的神明是這麼說的。所以世上所有的美男子，都是我的。」

「呵呵……所以別人的男人，妳也可以若無其事地掠奪過來？」

「掠奪？」

孌娘子瞠大碧眼，彷彿訴說著：「冤枉啊。」

「這世上的男人全部都是我的唷！就算現在是其他女人的丈夫或情人，也是在成為我的所有物之前先寄放著而已，我只是把寄放的東西拿回來罷了。」

這句極度高傲的台詞，變娘子卻講得相當認真，毫無玩笑意味。

「我必需維持這張美貌十年、二十年……甚至上百年，繼續品味男人，因為這是我的天命。所以，刑亥姊姊，妳帶來了吧？那個東西。」

變娘子朝刑亥攤開手掌。

「當然。」

刑亥從懷中取出上蓋的玻璃瓶，瓶中裝滿了紅色液體。

變娘子一接過瓶子，就將它捧在赤裸的胸前，陶醉地說道：

「用幼兒生肝煎成的長生不老靈藥……有了這個，我就能永遠美麗了……」

變娘子打開瓶蓋，正想將紅色液體倒入口中，卻讓刑亥一句「慢著」給阻止了。

「想喝靈藥，先談好報酬再說。」

變娘子微微皺眉，但仍馬上恢復了微笑。

「說得也是。妳要哪個呢？」

她問道。

「最近來的一個男人，是叫李青吧？把他給我，我喜歡他的右眼。」

聽了刑亥的話，變娘子露出了「嗯——」的苦惱模樣。

「這個不行，我還很喜歡他，請妳挑別人吧。」

「……嗯。那有個叫夏仲的，手臂很漂亮的男人吧，那個如何？」

「啊，夏仲！他的話可以哦。最近也差不多膩了。」

這兩位——究竟在說些什麼呢？

李青誠如各位所知，是村裡地主女兒的未婚夫，夏仲則是住在八仙樓裡的一名美男子。這番怪異對話，宛如正將這兩個人類當作物品一樣交易著。

對話中所隱含的戰慄意義，不久便會揭曉了。

「那麼，就跟以往一樣……」

「嗯，我明白了。」

說完，兩位妖豔美人無聲地笑了。

大約一個時辰（約兩個小時）後，八仙樓內的美男子夏仲受變娘子所託，前去鎮上買胭脂。

（為何要在如此深夜？）

夏仲雖覺得有些訝異……

「人家就是馬上想要嘛。要對大家保密唷！因為我只拜託了你。回來之後，請到我的房間，我會好好答謝你的。」

但變娘子在他耳邊嬌甜低語，心裡的疑惑就消散在陶醉中了。

夏仲得意洋洋地拿著提燈與雨傘，沿著滂沱大雨的幽暗山路下山，腦海裡全都是任務結束後，在閨房裡與變娘子的激烈房事。

住在八仙樓裡的美男子們都曾抱過變娘子，體驗過那堪稱快樂極致的男女交合。夏仲也不例外，剛來到八仙樓時，就曾跟其他幾個美男子一起不分晝夜地征服變娘子的如花身軀。

然而，他被招呼到閨房裡的次數逐日減少，如今已經超過兩個月沒再抱過變娘子。

這是近日來變娘子難得的邀約，他沒道理不踴躍表現。

但在山路中走著走著，那份雀躍高昂的心情就漸漸消失了。

（怪了？這是哪裡？）

夏仲一度停下腳步，張望四周。

他站在一片被山白竹包圍的地方，是毫無印象的景色。

（走錯路了嗎？不，怎麼可能……）

為了拉行變娘子所乘的轎子，有一條鋪設得寬廣的道路，從八仙樓一直通到山腳的村子。雖說在夜裡視野不好，但只要沿著道路前行，不可能迷路。

（畢竟山路的景色都很相似，是錯覺吧。）

夏仲改變念頭，重新踏出腳步。

但走了又走，就是到不了山腳的村子。等他回過神來，路面已經變得狹窄，眼前看得見的景物，只有手中提燈照出的畸形林木，令人毛骨悚然。

（還是先回頭比較好吧？）

他念頭一轉，打算走回原路，但不管走哪個方向，都無法脫離此處。他甚至感覺到自己往山裡越走越深。

腳下的路都已經不像路了，他越來越像是走在林木間長出的茂密雜草上。

前方瀰漫著一陣霧靄。

這並不是一般霧靄。霧中夾帶著腐爛的酸臭味，讓人連呼吸都覺得困難——這根本是瘴氣了。

夏仲想起在八仙樓裡跟其他美男子們聊過的鬼故事。

這座山裡，在某個人類到不了的深處，過去曾是一座山村。

這座村落之所以覆滅，是有個發狂的男人拿刀亂砍，將幾十個村人全部砍得稀巴爛。從那以後，無人的山村就湮沒了，不留一絲痕跡。

但是，聽說不知何時起，有個女妖將這片土地當作巢穴，使用邪惡的死靈術操縱村人們的殘骸，為自己所役使。無法成佛，反而淪為邪術俘虜的村民亡魂，夜夜都發出悔恨的嗚咽哭泣。

這是這座山所傳出的怪談——〈泣宵〉。

（難、難道，我誤入了泣宵女妖的地盤？）

腦海裡閃過這一念頭，夏仲開始覺得有點陰寒。

「呀!?」

在他前方約十餘丈的一片霧靄朦朧中，隱約可見亮光。一定是什麼山中小屋透出的燈光，有人在。

「真是天助我也！去那裡就能問到往山腳的路了吧！」

夏仲欣喜雀躍地撥開草叢前進。

須臾，他就到了那間小歸小，卻蓋得相當堅固的房子。

還以為只是間山中小屋的夏仲，心裡一面疑惑著這種深山野嶺到底有誰會蓋房子來住，一面敲了玄關的門。

「有人在嗎？我是在山裡迷路的！有人在嗎——？」

他叫著，屋裡卻寂靜得鴉雀無聲，沒有人要出來應門的跡象。

「有人嗎？有人在嗎——？」

即使他再次大喊出聲，也無人回應。

夏仲猶豫了一會後，試著推開了門。

屋內很暗，看不大清楚。看來剛剛亮著燈的，應該是其他房間吧。

他走進屋子裡。

未經屋裡的人同意就擅闖民宅，夏仲卻莫名地一點猶豫也沒有。

彷彿有股不可思議的力量，引誘著他進入房子。

沿著幽暗的走廊，他來到一個房間。

夏仲打開門，窺探室內。

幽暗的房間裡有張椅子，上頭坐了個人。夏仲跟那個人對上了眼。

「不好意思！」

夏仲慌亂地關上門，因為房間裡是個全裸的男人。

是錯覺嗎？那人的體型看起來好像有點走樣。

「我、我是在山中迷路的人。有在門前喊過了，因為沒有人應門，所以明知很無禮，還是擅自進來了。請你告訴我往山下的路，我馬上就會出去，還請你原諒。」

夏仲在門外解釋道。

然而，隔著一扇門的房內，卻沒人應答，甚至連人的動靜都沒有。

夏仲覺得奇怪，再次將門開了一小縫，窺視著裡面。

房間內的椅子上，果然有人坐著。

他在門外「喂」地叫了聲，但椅子上的人毫無回應，一動也不動。

感覺不像是擺設。夏仲凝眸細看。

「人偶？」

蒼白如瓷的肌膚不似活人所有。微睜的眼瞳眨也不眨，空洞的視線直直盯著半空中。兩邊肩膀以下沒有胳臂。難怪初見時，他就覺得哪裡走了樣，原來是沒有手臂。

這實在是製造得相當精巧的等身人偶。

夏仲戰戰兢兢地踏入房間，走近人偶。

（多麼美麗的人偶啊……）

夏仲近看人偶，發出讚嘆。

寶石般的冰涼瞳眸，上等絲絹般的滑順黑髮。一絲不掛的肉體上遍布優美的肌肉線條，雪白如瓷的肌膚豔麗動人。

（做得真好，簡直就像真人一樣。）

夏仲心想，試著觸碰一下人偶。就在此時——

「這……!?」

他驚呼出聲，縮回了手。

觸感相當詭異。

感覺雖然冰冷，對無機物來說卻異常鮮活如生。

一股令人發寒的恐懼，從指間擴散到夏仲全身。

「不、不是人偶!?是、是屍體！」

他渾身戰慄僵直，嚇得愣站在原地。

此時，屍體原先緊閉的嘴巴，啵地打開了。

「刑亥大人！刑亥大人！」

屍體突然發出尖銳的聲音，夏仲嚇得當場跌坐在地。

「拜託！拜託！拜拜拜拜託！拜託您了——！」

這屍體會說話！

夏仲目睹這副詭譎景象，連聲音都發不出來，瞳孔驚愕地瞪大，嘴巴如鯉魚般開開合合。此時室內突然朦朧地亮了起來。

空中浮現了燈火，卻不是帶著溫熱的尋常燈光，而是透著蒼白幽冷的陰火，妖異地照亮了一片幽暗的室內。

牆邊擺了一座架子，上頭整齊排列著物品。

夏仲一看架上物品，終於發出了悲嚎。

人類的胳臂、腳、軀體、頭，一樣樣如擺設般排列在架子上。密封在大玻璃瓶裡的，是人的內臟。而裝著不明液體的碗盆中，浸著腦髓、眼球、被削下來的耳鼻等等。

這房間裡的架子，是無數人類屍體部位的陳列架。

「刑亥大人！拜託您了！手臂！請把手臂還給我！刑亥大人！為什麼要切掉我的手臂呢！」

在毛骨悚然的夏仲眼前，屍體持續叫喚著。

「別這麼大聲……」

有人回應了屍體的吼叫。是個女人的聲音。就在夏仲背後。

夏仲嚇得一回頭，他正後方站著一個妖豔的女人。

他有印象，此人是變娘子唯一會邀請到八仙樓的女性，亦是變娘子稱為「好友」的女人——刑亥。這個女人每個月都會造訪八仙樓，夏仲見過不少次。

不過，她有這麼尖的耳朵嗎？頭上是長著這種水牛角嗎？最詭異的是，她身上有這麼濃厚的妖氣嗎？

夏仲直覺到了。

（妖魔！是泣宵的女妖魔！）

屍體東倒西歪地從椅子上站起來，尋求依靠地走向刑亥。

「刑亥大人！請把手臂、把手臂還給我——這樣一來，我就不能幫刑亥大人揉肩膀、倒茶水了——！請讓我、讓我來照顧刑亥大人——！」

對著大吼大叫的屍體，刑亥如疼愛忠犬般撫摸著他的頭。

「哦哦，我親愛的人偶啊，不用難過，切掉你的手臂，是為了替你裝上更好的。很快就可以給你新的手臂了……」

「在哪裡!?我的新手臂在哪裡——？」

「手臂，就在那裡。」

刑亥將目光投向夏仲。

夏仲感到戰慄，心臟彷彿被冰涼的手一把抓住。

「我馬上就切下來替你裝上去。」

夏仲已經逼近崩潰，他慌亂爬起，跌跌撞撞地衝出房間。

然而才一衝出門，他就不知道被誰抓住了腳踝，毫無防備地狼狽摔倒。

夏仲看向自己的腳踝，知道是什麼抓住了自己後，不由打了個冷顫。

是被切斷的胳臂。

陳列在架上的一隻手臂捉住了夏仲的腳踝。

刑亥優雅的臉上浮現冷酷笑容，睨著夏仲，緩緩說道：

「你跑不掉的……」

說完，架子喀噠喀噠地震動起來，陳列在架上的十數隻手臂一齊動了。這些手臂彷彿擁有生命般，蹦蹦跳跳地從架子上跳下來。

手臂們如一群蜘蛛，以妖異的速度殺向倒地的夏仲。

恐懼至極的吼叫自夏仲喉嚨深處奔騰而出。

視野中充滿成群襲來的手臂，正前方的刑亥神色陶醉，握著一把閃著鈍光的柴刀。

刑亥步履輕盈地走近他。

她舉起握著柴刀的手。

這就是夏仲在這世上見到的最後光景。

三

滂沱大雨的山中，有一人正沉浸於悲傷。

穿林打葉的喧嚣雨聲中，隱約傳來嫋嫋的啜泣。

登山道路的一角，有間隱在樹林裡的小廟。

在荒廢小廟的屋簷下，蹲著一條纖瘦人影。

是日前與兩名武者前往八仙樓想找回未婚夫的地主女兒。

女孩不僅沒帶回李青，甚至目睹了武者們的劇變，卻仍斷不了對未婚夫的戀慕之情。但她已經沒有再進去一次的勇氣，只能每日來到這座距離八仙樓有段路的小廟思念戀人，以淚洗面至夕陽西沉。

「咦？」

女孩突然聽見男人的聲音。

她抬起涕淚縱橫的臉。

在數丈前方，一片煙雨朦朧中，不知何時走近了一個打傘的男人。

「見妳獨自一人在深山裡哭泣，我還以為遇上了山中的雨精呢。」

他的口吻中，有著瀟灑飄逸的氣息。

女孩窺見男人傘下的容顏，不禁屏息。

女人般高高束起的銀色長髮、白淨挺拔的鼻梁、清冷的細長眸眼、一襲藍色衣袍看來雖有點過於華美，穿在男人身上卻不可思議地相襯。由傾盆大雨的山路走來，那身衣裳卻不沾半點塵泥。

（究竟是哪來的貴公子？這種深山裡，為何會有這麼高貴的人？）

男人秀麗的容貌讓女孩一時看得入迷，不禁心想。

但她登時就猜到男人身在此地的理由，立即別過臉去。

男人彷彿注意到了女孩的冷淡態度，悠然走近。

「看來姑娘遇上了困難。在下請教姑娘遇上的困難，是不是太多管閒事了？」

男人帶著微笑問道。

女孩怒目而視，激動地回答：

「反正你也是要去見變娘子的吧？男人各個都是這樣！對於要去八仙樓的人，我無話可說！」

聽見激烈的言辭，男人表情文風不動，唇畔仍舊帶著涼淡笑意，「哦？」地一喃。

「八仙樓的變娘子，我早有耳聞。東離第一美女，無論老少，甚至孩童，任何男人只要見上一眼，就會情不自禁地愛上她……雖然聽過這些誇張的流言，但實際上真是這樣嗎？」

「才不是誇張！」

女孩不禁昂聲一吼。

「見到她的男人全都被迷惑了！無論是我委託的武者，還是我的未婚夫！那種美貌根本不屬於凡人！那是魔性！」

朝他大吼的女孩突然「哇」地崩潰大哭。

在哭喊的女孩面前，男人毫無難色，兀自低喃道：

「嗯，魔性的……美貌嗎？」

隨即，他唇畔一挑，露出純然無害的笑容。

「孌娘子……看來是個旗鼓相當的對手呢。」

男人留下哭泣的女孩，走出了小廟。

他的腳步甚至有些愉悅。

——「掠風竊塵」。

這是男人在人前的稱號。

四

夏仲從八仙樓消失以來，已經過了半個月。

住在八仙樓裡的一眾美男子中並沒有人起疑。

——他是被孌娘子捨棄了。

所有人都如此認為。

夏仲已經被孌娘子疏遠好一段時間了，不能滿足孌娘子的，自然會被她捨棄，不為人知地被逐出八仙樓。至今也發生過好幾次，不足以大驚小怪。

再說，對於數十名美男子來說，爭奪孌娘子的競爭對手少了一個，他們反而覺得高興，沒有理由特別去調查。

因此，夏仲消失後的八仙樓，繼續過著千篇一律的日子。

「那個，對妳製作人偶有幫上忙嗎？」

孌娘子往酒杯中斟酒，問著刑亥。

「那個」不消說也知道是夏仲。

孌娘子與刑亥隔著寬大的桌子，相對而坐。

桌上陳列的器皿中，盛裝著琳瑯滿目的點心、水果，以及夾了羊肉的饅頭、燕窩等等。這是一名原為廚師的美男子，為了款待久未造訪八仙樓的「孌娘子好友」刑亥，使出渾身解數做出各樣美食。

「算是吧。不過至今為止完全沒有合適的，我想要稍微粗一點、膚色更漂亮的手臂。」

如斯回答的刑亥頭上並沒有角，耳朵外形也跟尋常人類一樣。

今天因為會在孌娘子以外的人類面前出現，所以被她用幻術隱藏起來了。

「將近完成了。但我還想稍微調整一下，想找更好的人體部位。」

孌娘子咯咯地笑了。

「好執著呢，妳真是個藝術家。」

看著孌娘子笑得天真無邪的可愛臉龐，刑亥不禁在心中想。

（這個女人……已經幾歲了………？）

刑亥與孌娘子的初識，已經是幾十年前的事了。

當時，是孌娘子前來造訪隱居深山的刑亥的。

對於這個小姑娘竟敢隻身一人、毫無懼色地出現自己這個妖魔的地盤上，刑亥還想著該如何對付她。

但孌娘子渾然未察刑亥的壞心眼，滿腔熱忱地問她。

——要怎樣才能跟妖魔一樣長生不老呢？

長生不老……人類會有這種願望倒也不稀奇。

然而孌娘子追求長生的熱情與理由卻不同尋常。

我——孌娘子，擁有這世上最美麗無雙的美貌。

憑藉這張美貌，我所遇見的男人全都會成為自己的囊中物，並靠著男人的貢獻得到莫大財產。

不過，財產能有多少價值呢？

比起財物，男人更重要。她想品味更多、更多、更多的男人，想貪婪地嚐盡世上所有美男子的肉體。

她的這番話並非出自世俗所謂的淫蕩，獵取男人，是天降於己的宿命，也是她崇高的野心。如鑽研學問之徒，渴望窮究學問真諦；如置身武林之人，為了領悟武學奧蘊而日夜鍛鍊。她也是在好色一道上毫不厭倦的求道者，渴望窮盡色道之精髓。

但要窮盡此道，無論是人的壽命還是女人的紅顏，都太過短暫。

求求妳、求求妳、妖魔師父大人！能不能教我保有這份美貌十年、二十年、上百年，甚至永遠的方法！拜託！拜託！

孌娘子熱情如火，懇切地訴說完緣由後，朝她叩了個頭。

想當然耳，刑亥愕然愣住，啞口無言。

孌娘子的訴求簡直愚蠢至極。但想一笑置之，她清澈的眼神又太過純真。

而她宣稱天下無雙的那張美貌所言不假，確實絕倫。

人類的男人，沒有人不會為這個女孩的容貌神魂顛倒的吧，確實是傾國美色。

——有趣。

刑亥心想。

不同於其他大多妖魔，刑亥並未在窮暮之戰後回歸魔界，而是滯留人界，就是為了密謀顛覆在窮暮之戰中攻克不下的人界。

然而，什麼謀劃都還沒有，她就虛度了許多光陰。

刑亥看見變娘子的過人美貌，突然想到了一個點子。

——只要好好培養這個女孩，將她送到人界諸王的身邊，不就可以惑亂人世了嗎？

因著這個意圖，刑亥答應了變娘子的願望。

本就長生不老的妖魔，以及身為人類的變娘子，最大的差異就是身體構造。

身為人類的變娘子若要長生不老，就必須離世而居，以流霞為食，長年毫無慾念地修行。但對這個稀世大淫婦來說，離世而居什麼的根本不可能。

既然如此，只能走旁門左道了。

擒捉幼兒並取出其生肝，煎成靈藥，如此一來，幼兒年幼的魂魄就會寄宿在服藥者身上，抑制老化，這是只有妖魔知道的死靈術奧祕。

但這道靈藥若沒有每半個月服用一次，效果就無法持續。也就是說每半個月，就必須以一個幼兒的生肝來調配不可。

刑亥問她：「這辦得到嗎？」變娘子很爽快地回答：「沒問題。」崇拜變娘子的男人之中，有原本以盜賊為生的人，利用這些人，誘拐孩童易如反掌。

變娘子為了維持自己的美貌，就算每半月要犧牲一個幼子也毫不猶豫。刑亥不禁感嘆，這女人生作人類，實在太可惜了。

此外，刑亥提出了供給靈藥的交換條件，就是每次要換取一個侍候變娘子的美男子。

身為死靈術師的刑亥，有件事老早就想嘗試了。

蒐集擁有美麗肉體的男人屍體，將之肢解成塊，挑出各自最優秀的部位縫合，再賦予一點生命，製作出理想的活人偶。

這是理智正常的人類所無法想像，唯有妖魔才能成就的魔界藝術創作。

但要蒐集大量美男子的屍體並不容易，所以她一直沒有付諸實行，未料結識了身邊男侍要多少有多少的變娘子，如此一來，刑亥也能得到自己屬意的美男子肉體了。

兩名惡女就這樣彼此利用，度過了幾十年的歲月。

「要說藝術家的話，妳才是藝術家吧。」

刑亥看著變娘子那張數十年如一日的年輕容顏，對她說道。

「我？」

「是啊，狩獵男人的藝術家。至今為止，妳得手多少男人了？」

「這個呀，沒有算過呢。」

「目標是千人斬，妳這句話是什麼時候說的？」

「一千這個數字早就超過了，差不多要有兩千了吧？」

刑亥笑了出來。

「得手了這麼多男人，還沒滿足嗎？」

「還差得遠呢。」

孌娘子意外認真地搖了搖頭。

「好色之道是很深奧的。就算嚐過了堪稱極品的美男子，到底是一山還有一山高。只要這世上仍有美男子的存在，我探究好色之道的日子就沒有盡頭。」

孌娘子的眼光，彷彿仰望著遙遠仙山的山巔。

「果然是藝術家。」

刑亥笑著調侃道。

隨著長年來交情漸漸深厚，刑亥注意到自己開始喜歡上孌娘子這個人。

起初，刑亥雖然企圖利用孌娘子混亂人世，但那些身分地位足以動亂人世的人物，孌娘子一個也不曾引誘過，頂多是城鎮官員的子弟罷了。

這也是因為王公貴族裡沒有變娘子喜歡的俊俏男人。

雖然完全偏離了刑亥的預期，但她最近開始覺得這樣也無妨。

與變娘子的交易，可以讓她取得活人偶創作的肢體部位。

而且，在遇上變娘子前，別說人類，刑亥跟妖魔也幾乎沒有往來。

刑亥雖然覺得與庸俗的人類往來一點也不有趣，但變娘子為了一己私慾不擇手段的思維心性，倒比較接近妖魔，跟自己氣味相投。

像現在這樣接受變娘子的邀請，與她閒話家常，也相當愉悅。

變娘子雖然藉著靈藥成為長生不老，但人類肉體畢竟難逃一死，靈藥的效果最多維持數百年。而妖魔刑亥擁有永恆的生命，花個數百年享受跟這個奇妙女孩的交流，也沒什麼損失。

就在她心不在焉地想著這些的同時，突然聽到變娘子尖銳的聲音。

「猴爪！」

刑亥背後的門突然碰出聲響，她聽見了有人難為情地「噫」了一聲。

「你又偷看了！快出來！」

變娘子叱責道。門一打開，一個矮小的男人畏畏縮縮地進入室內。

是個醜男。

雖說是矮小的男人，但矮得像個小孩似的，是因為他嚴重駝背，看起來就如同爬在地上一樣。與他的身高毫不協調的，是他的兩隻手臂異常地長，而且毛髮濃密，鼻子塌扁如豬鼻，口中亂糟糟的牙齒發黃，只有眼睛骨碌碌地注視著變娘子，目光猥褻。

猴爪——這名矮小男人像隻癩蝦蟆一樣趴跪在地上，露出愚鈍諂媚的笑容。

「變、變、變娘子大人，請、請、請見諒……之、之前說的東西，已經到手了，來、來、來跟您報告……」

他的混濁聲嗓含糊不清，講話時閉不太起來的嘴角滴出唾涎。

變娘子露出不悅的表情。

「那敲門進來就好了吧！為什麼要躲著偷看？」

「恕罪！」

被怒然一喝，猴爪將額頭叩在地上請罪。變娘子嘆了口氣。

「算了，你出去吧。那個東西，就跟以往一樣放在山裡那個地方吧。」

「遵、遵命！」

男人緩緩退下。直到門扉闔起前，猴爪都目光饑渴地注視著變娘子。

「真是令人討厭的男人，常常注意到他在偷窺我……」

孌娘子吐露道。刑亥問：

「很久以前我就想問了，重視外貌的妳，為何會把那種男人收進樓裡？」

「因為他有很多用處唷。別看他那樣，他可是對我最忠誠的一個。」

「原來如此……有用處啊……」

那個從自己身後偷窺房內的男人猴爪，能讓刑亥完全沒發覺自己受到窺視，斂去氣息的隱形之術可謂了得。

猴爪所得手的「那個東西」，是關著從某處綁來的幼兒的箱子。裝著幼兒的箱子被運到山中一處，再讓刑亥所役使的亡者搬運至她的屋子裡。

那個猴爪的功用，便是負責提供靈藥原料的幼兒生肝。

這數年間，猴爪不曾失手，也完全不曾敗露蹤跡，總是順從地完成這件骯髒的工作。

（原本是盜賊之類的嗎？人不可貌相，這人不簡單啊……）

刑亥心想。

「那，刑亥姊姊，差不多該給我那個了。」

孌娘子回到正題說道。那個指的就是長生不老的靈藥。

「在那之前，先談報酬。」

「好啊。這次要哪個呢？」

兩人如常談著交易內容。

「有個腳很漂亮，叫做沙伯正的男人吧。他……」

「他不行。」

孌娘子搖頭。

「那個我還很喜歡的，挑別人吧。」

「嗯嗯，那手指很漂亮的金西……」

「他也不行。」

刑亥顰了眉。

「那鄭忠和呢，那個男人的鼻子不錯。」

「不行。」

「歸培壽……」

「不行。」

之後，她又點了好幾個男人，孌娘子卻都一直搖頭，刑亥臉上開始浮現不耐煩的神色。

就在她說出「桂志」這個其實不在她目標內的男人時。

「好哇。」

孌娘子終於點頭答應。

（這傢伙，是不是變得有點任性了？以前多少還肯讓我自由挑選。）

刑亥心裡雖這麼想，但沒有說出口。

「那，就跟以往一樣。」

「好的。」

就在兩人如常進行交易時，門從外面被敲響了。

「我來送上下一道菜了。」

與此同時，門被打開了，一個男人捧著盛裝蒸雞的盤子走了進來。

是個銀髮高束的男人。這男人的姿容高貴秀麗，在全是美男子的八仙樓中說不定更勝眾人一籌。

男人優雅地將蒸雞放到桌上，看了刑亥一眼，親切地莞爾一笑，隨即退下。

門關上的同時，刑亥低聲說：

「……沒看過這個人呢。」

「他可不行唷，是這個月才來的。」

「我沒說要。但他的氣質有點奇妙吧？」

即使變娘子與刑亥兩人都在，但八仙樓的美男子們總是對刑亥不屑一顧，只會盯著變娘子的美貌。然而方才那個男人不只看向了刑亥，更對她露出討好的笑容。

「雪鳴。」

變娘子說道。是男人的名字吧？

「很不錯的男人吧？不過有點古怪。」

「古怪？」

「嗯，就算請他來到我的閨房，整晚也只是一直吟詩，連我一根手指也沒碰。」

「有這種男人？」

刑亥有些訝異。

「偶爾會有哦。有些人太過崇拜我，所以對於抱我有點猶豫。再來就是故意不馬上抱我，想引起我注意的人。不過，攏絡那種男人，讓他們隨我擺布、為我痴狂，才是有趣之處嘛。」

變娘子天真說著，咯咯笑了。

刑亥想起雪鳴的臉。

那張朝著自己微笑的伶俐面容。

（……討人厭的傢伙。）

刑亥在心中低喃。

當晚，刑亥所指名的男人「桂志」，照例受變娘子所託，出了八仙樓。

桂志早讓刑亥施了幻惑之術。當他徘徊在夜晚的山中，自然而然就會被引導到刑亥屋子所在的深山裡。

屋內，刑亥在放置著活人偶的那個房間裡等待著桂志到來。

然而刑亥卻開心不起來。

（該取下桂志的哪個部位好呢……）

雖然指名了桂志，但她發現桂志身上沒有任何部位，優秀到足以跟現在完成的活人偶交換。雖然他的手指是挺漂亮的，但跟目前人偶身上的手指比起來，仍舊差了幾等。

（雖然想要沙伯正的腳……嗯，在變娘子厭倦他之前，只能等了嗎……沒辦法。桂志的話就直接殺了，讓他成為聽命於我的亡者之一吧……）

刑亥一面想著，一面等待桂志。

不知等了多久，刑亥開始疑惑。

「……真慢。」

過了許久，桂志仍舊沒有出現。

屋外周圍的樹叢裡藏有她所役使的亡者，看守周圍情況。亡者們前一次傳來意念，告訴刑亥有一人踏入她的地盤，已經是半個時辰（約一個小時）前的事，照理來說老早就該到了。

「刑亥大人！您又要切掉我的身體了嗎？」

活人偶突然叫喚起來。

「請不要這樣！這次是哪裡呢？手臂嗎？還是腳？這樣就不能照顧刑亥大人了！」

「喂，吵死了！」

刑亥一喝。

「這次哪裡都不切，今天來的傢伙哪裡都沒用處。所以不要再叫了。」

刑亥哄騙著活人偶。

活人偶的靈魂雖然是東拼西湊湊出來的，但長久下來，漸漸有了自己的意識。老老實實的雖然很好，卻有點煩人。

（呿，是時候該重塑魂魄了。）

刑亥在心中咂嘴。

「原來是這麼一回事啊。」

突然，房門外面傳來飄逸聲嗓。

刑亥驚然轉向房門處。

門被緩緩打開。刑亥一見踏入室內的人，不由瞪大了眼。

「你是……!?」

一頭銀色長髮高束的男人，是她白天在八仙樓見過的雪鳴。

雪鳴抽著一支裝飾得相當華美的煙管，以令人厭惡的從容態度環視著室內。

「哎呀哎呀，真是有品味的房間啊。」

他望著陳列一塊塊屍體的棚架，毫無懼色地說道。

「你這傢伙！為何是你來？桂志怎麼了？」

儘管被刑亥這麼一吼，雪鳴的飄然姿態卻毫無動搖。

「桂志？哦，他啊，被打暈在山裡囉！見他遮遮掩掩地出門，我就跟在他身後了。不過，哎呀呀……真是驚人，沒想到變娘子的好友刑亥，竟然就是傳聞中的泣宵女妖魔……凡人還真看不出來呢。」

說完後，他目光涼淡地看向刑亥。

「不過，這樣也就說得通了。八仙樓的男人數量漸漸減少，我就覺得奇怪。被變娘子拋棄的人雖然多，但也有人突然就沒了蹤影，我還疑惑他們消失到哪裡去了，難怪啊，原來是變成泣宵女妖魔身邊的一具屍體，日夜為她辛勞了。」

「你是誰？雖自稱雪鳴，但其實是假名吧？」

刑亥盯著雪鳴，聲嗓凌厲地質問。站在妖魔面前，看著大量屍塊，卻面不改色的男人，不可能是簡單人物。

「凜雪鴉，這樣妳認識了嗎？」

雪鳴爽快地回答。刑亥臉上浮現驚色。

「凜雪鴉!?『掠風竊塵』凜雪鴉!?」

她聽過。

那是舉世聞名的大怪盜。

傳聞他能「沐於月光而不露影跡，踏於雪徑而不留足痕，其奇計妙策，連天地之理都能欺瞞」，被這個男人盯上的財寶，再堅固的鐵鎖都保護不了。

「掠風竊塵！掠風竊塵為何來到這裡？又為何混入八仙樓？」

「我說，妳也不用這麼興奮吧？」

刑亥尖銳的聲音，在凜雪鴉耳邊彷彿連陣微風都不是。

「掠風竊塵既然現身，必然有所謀劃，不是嗎？」

凜雪鴉說道，優雅地呼出紫煙。

「想偷東西嗎？我的屋子裡可沒能什麼讓你偷的。」

「不是在這裡，是在八仙樓。」

「八仙樓？」

此時，刑亥想明白了。

「原來如此，八仙樓中藏有男人貢獻給孌娘子的龐大財產，你就是看上了這個吧。」

然而凜雪鴉「嗯——」地哼了聲，露出思考的模樣。

「財產啊，這也不錯，不過並不是。若只是要偷取金錢，倒也用不著潛伏在八仙樓裡，一晚就可以偷出來了，我掠風竊塵很久以前就厭倦偷這種無聊的東西。比起這些，妳不覺得八仙樓裡有著世上獨一無二的寶物嗎？」

「世上獨一無二的寶物？」

刑亥詫異。

「就是變娘子呀。」

凜雪鴉如是回答。

「天下無雙的美人，果真擁有不負傳言的美貌。我想要那個，我想偷到她的心，我想要這個男人為之傾倒的美女愛上我。」

聽見這回答，刑亥抿嘴一笑。那笑漸漸溢出唇齒，變成了高聲的嘲笑。

「什麼啊，掠風竊塵！講得這麼誇張，說到底你也只是貪圖變娘子美色、受她誘惑的其中一人罷了！」

「不行嗎？」

「呵呵呵，不是不行，只是覺得惶恐。變娘子的美貌，竟連天下怪盜掠風竊塵都能誘惑，實在是令人恐懼啊！」

一番放聲大笑後，刑亥倏然止了笑，取而代之拂上她妖豔輪廓的，是毒蛇般的危險神情。

「不過，很可惜，在你看見這間屋子後，我就不能讓你活著回去了。若要恨，就恨自己好奇心太過旺盛吧……」

刑亥周身開始升起騰騰妖氣。

棚架上陳列的屍塊，宛如呼應這股妖氣般喀噠喀噠地蠢動起來。成為死靈術俘虜的屍塊們蓄勢待發，只要刑亥一聲令下、就會馬上朝凜雪鴉襲擊而去。

「等等等等。」

身處在濃厚妖氣之中，凜雪鴉從容不迫地開口：

「別這麼性急嘛，我是為了跟妳交易而來的。」

「交易？」

「沒錯。」

「可笑。你以為我會答應與人類交易嗎？」

「是這樣嗎？但妳不也與變娘子交易？說起來，我也不是敬鬼神而遠之的君子，只要利害一致，跟妖魔聯手也無妨。」

刑亥沉默。凜雪鴉接著說道：

「我要說的，對妳沒什麼損失。若想殺我，聽完我的話再殺也不遲吧。」

刑亥警戒注視著神色自若的凜雪鴉，沉思了會後開口：

「說說看吧。」

雖然這麼說，但她操縱屍體的術法並未解開，仍維持著出擊狀態，要是察覺他有絲毫怪異的舉止，就會馬上命令屍體擊殺凜雪鴉。

凜雪鴉調整心情般的抽了口煙管，隨後開始說起：

「我想讓孌娘子迷戀上我，這方才說過了吧。」

「所以你打算怎麼做？」

「我原本計劃以甜言蜜語攻陷孌娘子，但八仙樓裡住著從東離各地精挑細選出來的數十名美男子，精於此道者也不在少數。簡單來說，就是競爭對手太多了。」

刑亥忽然鄙視地嗤笑了聲。

「大名鼎鼎的掠風竊塵，在色慾之道上也會膽怯嗎？」

「膽怯……倒不至於，只是有幾個可能阻礙計劃的人，要是放任他們恣意行事可就麻煩了。雖然要是真遇到這種狀況，倒也不是沒有對策，但既然是終究要除掉的障礙，想先除掉也是人之常情吧？」

凜雪鴉說到這裡，停頓了一會，呼出紫煙，話鋒一轉。

「再說，八仙樓中一直有新的美男子聚集進來，不可思議的卻是不曾客滿，妳知道是為何嗎？」

「那還不簡單，因為孌娘子的恩寵淡了，所以有人就被拋棄了吧？」

「正是如此。然後，便被送到妳這裡來了。但不只如此，仍深受孌娘子寵愛卻消失無蹤的人也不少，妳知道是為什麼嗎？」

在刑亥回答前，凜雪鴉就道出了答案：

「因為被殺了。」

刑亥微微挑動了眉。凜雪鴉依舊笑意吟吟。

「這是因為為了吸引孌娘子的注意，男人們彼此嫉視反目、互相爭奪。太過受寵者，便會成為怨恨的目標，被暗殺、毒殺等各種手段除去。以至於八仙樓中除了每個月會有一個人死去外，被暗中消滅的人或許更多。」

「這麼有活力，不是很好嗎？」

人類因為憎怨而彼此殘殺，聽在身為妖魔的刑亥耳中，簡直是令人愉快的笑話。凜雪鴉回以一笑，繼續說道：

「當然，孌娘子也知道美男子們暗中互相殘殺，卻無意阻止，反而樂在其中。她認為能從這場爭奪中脫穎而出者，才是感情最強烈、最具性魅力的男人，就像被關在蠱術壺內的毒蟲們彼此吞噬，最終產生毒性最強的一隻。」

「很像那個女人的想法。」

「在競爭激烈的八仙樓裡狡黠精明，足以擠下其他宿敵、擊退他人忌妒的毒牙，容貌與房中技巧又能受到喜新厭舊的變娘子長久寵愛的有三人，也就是在蠱壺中存活下來，毒性最強的三隻毒蟲。」

「我知道。就是那三人吧？」

聽見刑亥的話，凜雪鴉同意地點點頭。

「朱猗豹、梅叔明、蘭玕寶。」

說出了三人的名字。

「八仙樓裡住了數十個男人。雖說八仙樓占地廣大，但要收容這麼多男人，依舊太過狹窄。因此，他們只能十人擠一間房，以此生活起居。但有些人因深受變娘子寵愛而獲賜了個人房，就是方才所說的三人：朱猗豹、梅叔明、蘭玕寶——他們被稱為『擁有個人房的三人』。」

刑亥當然知道。他們個個都享有絕世容貌，又工於心計，是相當難以應付的一群人。

「首先是朱猗豹。」

凜雪鴉豎起一根手指。

刑亥記起這個如駿馬般擁有傲人肌肉的彪形大漢。

他是個全身騰騰散發著男性精氣的人。

「這個男人過去曾是聞名江湖的鏢客，身習芭山派武藝而長於劍技。他端正的姿容卻引來了災禍，接受他護衛的商家夫人，甚至與他敵對的盜賊團女寨主都迷戀上他——雖然聽說是朱猗豹先誘惑、強行侵犯對方——他因此數度遭受追殺。但他身為一方豪傑，追殺者反而悉數為他所殺。八仙樓裡幾個美男子，也被他孔武有力的雙臂暗中絞殺，棄置山中。他更自豪的是自己的精氣絕倫，能與女人交合七天七夜而毫無精盡之態。」

說完了朱猗豹，凜雪鴉豎起第二根手指。

「再來是梅叔明。」

一個身軀瘦長，知性秀麗的男人形象，浮現在刑亥腦海中。

梅叔明擁有白蠟般的雪白肌膚、格外鮮豔的紅唇，宛如知性中又帶有妖豔魅力的一條白蛇。

「梅叔明乃是都城中屈指可數的商號少爺，長於謀略，一一擊垮了競爭的商家而致富，在八仙樓裡也使計離間眾人，使他們相互猜忌鬥爭。此外，他又以性好漁色聞名，聽說他住在都城時，曾經讓十幾個妾一起住在自己的屋子裡，過盡了頹廢的歡愉生活。其房事技巧高超，曾經有個女人，因跟他行房過於高潮，如字面意思一樣昇天——死了。四處皆盛傳，東離無人能在性技上與他匹敵。」

凜雪鴉豎起第三根手指。

「最後是蘭玕寶。」

他是個宛如少女直接穿上男裝的如玉美少年。

杏圓的眼瞳、李子般紅潤的臉頰，外表堪稱惹人憐愛的化身。但他的年齡聽說早已超過二十歲了。

「他啊，傳聞曾是性好男色的官人所豢養的男寵。但事實上是蘭玕寶以他楚楚可憐的姿色，誘惑了嚴謹老實又疼愛妻子的官員，藉著高超的臀技、舌技，讓官人對男色之道著魔。官人在蘭玕寶身上體驗到美少年的滋味後，找來了許多美童服侍自己，這些美童卻陸陸續續因不明原因猝死。是蘭玕寶為了獨占官人寵愛，下毒殺了他們的。蘭玕寶本就是藥師家中的么子，擅於調配讓人看不出死因的毒藥，殺害孌童這點還能理解。但他連官人的夫人、女兒都下手毒殺，在來到八仙樓前甚至連官員都殺害了，是個與生俱來的毒殺魔，會在八仙樓中使出同樣手段，也不難想像。」

講述完三名怪異的美男子，凜雪鴉再吐了一口煙。

「就是這三人。在漁色之道上堪稱東離三巨頭的『個人房三人組』是我眼下的障礙，深受孌娘子寵愛不說，將來我要誘惑孌娘子，也必然會前來妨礙。」

「然後呢？」

刑亥聲嗓冷冷。

「我希望能將這三人從孌娘子爭奪戰中除去，所以想借妳之力。」

「殺了不就好了？」

刑亥面上浮起冷笑，輕易說出令人恐懼的話。

凜雪鴉露出微微思考的模樣。

「殺了確實簡單……但那不太符合我的作風。我想借用妳的死靈術，將他們趕出八仙樓，或讓孌娘子拋棄他們。」

「為何要借用我的力量？身為掠風竊塵，你自己一人沒辦法除掉這三個男人嗎？」

凜雪鴉「嗯」地發出了傷腦筋的聲音，說道：

「因為我啊……好像被誰提防了。」

「提防？被孌娘子嗎？」

「不，是那個叫猴爪的男人。」

刑亥想起了白天在房內看見的那個醜陋矮男。諂媚孌娘子的同時，那雙大眼深處又蓄著鬼火般的怪異光芒。

「那個男人……雖然不知道身分，但看起來不簡單。不知為何，老是睜大眼睛盯著我每個行動。他給我一種危險的感覺，要是我貿然行動了，可能就會對我出手。所以我決定裝作不知道，也不動作，因此才希望妳能代替我出手。」

「哦？」

聽完了凜雪鴉的話，刑亥揚起了嘴角。

「想說的話就這些嗎？亡者們也開始焦躁了，你要是說完了，我想也差不多該把你大卸八塊了……可以嗎？」

刑亥身上一度減弱了的妖氣，再度濃烈起來。

架上的屍體開始劇烈震動，呈現出馬上就要飛奔出去的態勢。

「等等。」

凜雪鴉出聲想阻止她。

「不，等不了了。你說的話很有趣。但不管怎麼聽，好像都聽不到半點對我的利處，再聽下去只會覺得無聊。比起這樣，我還比較想聽你臨死的悲鳴。」

「妳真是急躁。我這不是正要開始說對妳有利的部分嗎？不能再稍稍忍耐一下嗎？長生不死的妖魔想不到也這麼性急。」

「對一個性急的妖魔長篇大論，你會後悔這份無知的。」

刑亥冷淡拒絕，抬起手，準備對亡者下達一齊出擊的號令。然而——

「妳對孌娘子應該有所不滿吧？」

凜雪鴉說道。

刑亥抬起的手，就這麼停在空中。

「什麼？」

刑亥眉心一皺。凜雪鴉立刻接著說道：

「妳用來製作那邊那具活人偶的屍體部位，是從八仙樓的美男子身上取得的吧？但最近孌娘子都不肯給出妳所要求的男人，妳對此也開始有了不滿。我說得沒錯吧？」

「為什麼連這事……你這傢伙！偷聽了白天的對話吧？」

「這是盜賊的習性。」

凜雪鴉毫不羞愧地回答，又繼續說道：

「我得到變娘子的心，意味著見異思遷的變娘子，心只會向著我一個人，眼中再也沒有其他男人，只會受我擺布。這代表什麼呢？妳可以盡情挑選八仙樓裡的美男子，可以隨意挑選有妳屬意部位的男人，隨意將他們帶回來了。」

「那個淫蕩的變娘子會對你一心一意？怎麼可能……」

「能將不可能化為可能的，才是掠風竊塵。」

如是斷言的凜雪鴉，自信得令人惱火。

凜雪鴉滿足地看著「唔」了一聲、把話嚥回喉裡的刑亥，綻出一笑。

「我能不能偷得變娘子的心，妳不相信也無妨，萬一真的偷到了，就是意外的收穫，妳只要先這樣想就可以了。成功了當然好，失敗的話，對妳也沒有損失，如何？」

「…………」

刑亥皺著臉，盯著凜雪鴉若無其事的容顏沉思起來。

凜雪鴉暫時不再出聲，等著刑亥的回答。

須臾，刑亥一身充斥整個房間的濃烈妖氣突然消失了，彷彿要撞壞架子般不斷震動的屍體也平靜下來，回復到原本冰冷的屍骸。

「好吧。」

刑亥低聲說。

凜雪鴉雪白的面容上綻出放心的笑容，如戲裡的動作般，對刑亥恭敬地拱手作揖。

「感謝妳欣然允諾。」

「別誤會了，我一點也不認為你能征服那個變娘子，只是想看一臉自負的你哪天哭喪著臉罷了。」

刑亥說完後，怒目一吊，露出冷酷無情的妖魔表情。

「特地勞煩我，要是失敗了，下場是什麼你知道嗎？到時，我可會將你的五臟六腑剁碎，餵給亡者當飼料。」

面對女妖淒厲的聲嗓，要是常人大概嚇得失禁了，凜雪鴉卻始終泰然自若。

「真恐怖，那我無論如何也要成功了。總之，就拜託妳囉。」

他伸出手，想與她握個手。

刑亥卻沒與他握手。

凜雪鴉苦笑了聲。

「接下來……」

他說著，目光轉往門口的方向。

「差不多該把昏倒在外頭的桂志弄醒了。再這樣被雨淋下去，就要感冒了。」

「那個男人該怎麼處理？就這樣讓他回到八仙樓會讓人起疑的。」

「嗯，該怎麼辦呢？要拿來當妳活人偶的部位嗎？但妳並不需要他吧？這樣殺了他未免也太可憐了。不然把他帶回故鄉，告訴他『你被變娘子捨棄了』，然後誠懇地請他不要再回到八仙樓……」

他是明知被變娘子拋棄的男人會有怎樣的下場，才說出這番話的嗎？若是的話，還真是殘忍的作風。

（呵呵……這個男人也是同類人嗎……）

刑亥想著，在心裡暗自竊笑。

「那，萬事拜託囉——刑亥。」

凜雪鴉最後毫不拘謹地親暱喚了刑亥一聲，走出房間。

就這樣，泣宵的女妖以及擾亂江湖的大怪盜——兩個惡人的奇妙共謀展開了。

這場共謀，在八仙樓颳起了一陣令人毛骨悚然的詭異旋風。

第一個體驗到這場怪異的是這人。

——梅叔明。

全東離房中技巧最高的男人。

五

梅叔明看著掛在自己房間窗欞上的紫陽花，紅唇綻出微笑。

（今晚，孌娘子大人找我了……）

梅叔明伸手取下紫陽花，將它湊近鼻尖，嗅聞香氣，彷彿花就是他所心愛的孌娘子。

這紫陽花，是孌娘子來放的。

『今晚，請悄悄來我的閨房。』

這是紫陽花所代表的意義。

以紫陽花與孌娘子互傳情意的只有梅叔明一個，其他美男子們並不用這種方式。

儘管同住在八仙樓的屋簷下，梅叔明仍會與孌娘子互送書信。

信中以殷切的詩句寫著自己是如何思念對方，沒有對方的夜又是如何寂寞等等，宛如互相扮演著被分隔兩地的悲情戀人。

如此風雅的傳情方式，就是始於梅叔明。

梅叔明在來到八仙樓前，就是城裡的花花公子，相當擅長這種戀愛游戲。

足以讓歡好的女子昇天氣絕的性技雖是梅叔明自豪所在，但意外的他房內技巧的精髓，不只用在閨房內，一路到房門前都管用。

然身為遊樂女色的高手，他不只是對女人的肉體，連女人的精神面都相當熟稔。

若是男人，只憑房內的行為就能達到十二萬分的享受了。但要讓女人充分嚐到性的歡愉，比起房內的行為，在那之前的過程更為重要。

被男人擁抱之前的期待感、悸動、對於對方的愛慕，必須充分撩撥這些情愫，在情感最強烈時進行交合，那瞬間才能讓女人到達絕高的頂點。

這是天生的花花公子梅叔明所獨創的，玩樂女色的祕訣。

所以才有私下傳遞的紫陽花，這也是兩人往來的情書。

實際上，孌娘子也非常享受這場戀愛遊戲，就是這份技巧，讓他晉升為「個人房三人組」之一。

（蘭玕寶的舌技？朱猗豹的精氣絕倫？可笑。在房內揮落大把汗水，奮力扭動腰肢的性技，不過是連猿猴都辦得到的幼稚技巧。）

梅叔明盯著手中的紫陽花，想起其他兩人的臉，唇畔露出輕蔑的笑。但那雙眉，像是突然想起什麼一般，微微挑動了一下。

（是叫做雪鳴嗎……）

最近來到八仙樓的銀髮白淨的新人。聽說那個男人雖然被叫到孌娘子的閨房裡，卻完全沒出手，整晚只是吟詩，講些街巷笑談。

（耍什麼小聰明？不馬上對孌娘子出手讓她著急，好吸引她，這種手段早讓人看透了。）

雖然這麼想，孌娘子對雪鳴冷淡的態度卻毫不厭煩，這點從他好幾晚都被叫到孌娘子房內就可以看得出來。

（……看來這個雪鳴，多少也懂得戀愛的奧祕……倘若不趁早將之除掉的話，或許會成為威脅……）

梅叔明的臉因醜陋的忌妒而扭曲，他的腦內如風車般來回轉著，思考該用什麼手段煽動其他男人對雪鳴的嫉妒心。

但，一想到今晚與孌娘子的歡好，這份邪惡的想法馬上就煙消霧散了。

梅叔明以甜言蜜語誘惑過無數女人，並品嚐她們肉體的滋味，卻沒有任何一次比得上跟孌娘子歡愛的極致感受。他懷著蕩人心魂的期待，心急地等著赴孌娘子約的時間。

時間終於到了，梅叔明離開自己的房間，朝著孌娘子的閨房而去。

滿天烏雲，不見月光的深夜迴廊，宛如被抹上黑漆一般，被幽暗籠罩。

儘管如此，這條走廊他早走習慣了。此時視線不佳，他以手扶著牆壁，一面數著成列廂房的門扉，朝著孌娘子的閨房前進。

不久，梅叔明來到了她的閨房門前，「叩叩」地敲了敲門。

「……是誰？」

房門內側傳來孌娘子的聲音。

「是我，梅叔明。」

他壓低聲音回應後，房內傳出「請進來吧」的招呼聲。

梅叔明推門入內。房內籠罩著一片比迴廊上更深邃的黑暗。

黑暗深處的床榻上，隱約可見孌娘子的雪白身姿。

「等你好久了……快點，快點，到這裡來……」

孌娘子以催促的嗓音呼喚著梅叔明。

沒想到她這麼期待，梅叔明雖然為此欣喜，但仍非常紳士地走近床榻，抱住孌娘子。

其後，兩人展開了相當激烈的交歡。

梅叔明堪稱名人絕技的性技，讓變娘子反常地如痴如醉，過程中，她不斷迸出如絕叫般的嬌喊聲。

「啊啊……！要去了！昇天了！要昇天了！」

梅叔明正使出渾身解數刺激著變娘子同時，卻產生了一股微妙的不協調感。

（咦？變娘子大人的身體，是長這樣的嗎？）

他已經抱過無數次變娘子的肉體，對她每吋肌膚應該都瞭若指掌，但現在在黑暗中發出恍惚叫聲的女體，總讓他覺得有哪裡不太一樣。

然而那聲音，毫無疑問就是他耳熟能詳的變娘子的嗓音。

總之，兩人的歡愛一直持續到五更，終於結束。

梅叔明留下仍沉睡在歡快美夢中的變娘子，離開了她的閨房。

翌日。

梅叔明想起昨晚與變娘子的交歡，壓抑著唇畔不自覺浮起的笑，走在八仙樓的迴廊上。

隨即，他看見變娘子由前方徐徐走來。

梅叔明退到走廊的一側，對變娘子端莊文靜的面容一展微笑，

「昨晚……」

他曖昧地低聲招呼。

然而變娘子的表情卻不太開心。

她「哼」地瞪著梅叔明的臉，說出了令他意外的話。

「昨晚你為何沒來？」

梅叔明一愣。

「連你都想要欲擒故縱嗎？這種事，有雪鳴一個人就夠了。」

聽不懂她究竟在說什麼的梅叔明，一時說不出話。

變娘子瞪了梅叔明一會後，臉色馬上緩和了下來。

「算了，你對我的邀請置之不理，這倒是頭一回呢，反而讓人更心癢難耐了。你啊，真的很擅長調情。但是，今夜請一定要再悄悄地過來唷。」

她如斯說道，妖豔一笑。

梅叔明啞口無言了一會後，突然想到了什麼。

（原、原來如此，變娘子大人想玩這種戲碼嗎？被自己所喜歡的男人置之不顧，她想玩

這種想像情境的戀愛遊戲嗎?)

梅叔明不禁這麼理解起來。

既然如此,必須跟上她的戲才行,他收斂了表情,回應道:

「今夜,一定……」

「我會等著……」

孌娘子留下一抹柔婉的笑,緩步走離。

不消說,那日黃昏,梅叔明房間的窗欞上又掛上了紫陽花。

梅叔明等到更深人靜,從幽暗的走廊前往孌娘子的閨房赴約,好好地征服了她的肉體一番。

「昇天了!昇天了!啊啊,要昇天了!」

孌娘子的叫聲,跟昨夜如出一轍。

然而一到隔日,梅叔明再度在走廊上遇見孌娘子時,她看起來比昨天還不高興。

「連續兩夜都讓我空等,是什麼意思?」

聲嗓嚴厲的孌娘子,看起來彷彿真的生氣了。

梅叔明一頭霧水。

「不、不是，昨晚我明明……」

「花招耍得太過分，反而讓人失去興致，能請你適可而止嗎？」

孌娘子別過頭，打算離開。

「請、請等等！」

聽見梅叔明想辯解，孌娘子又轉回來面對他，

「今晚，我找別人。」

她拋下這句話，快步走離。

梅叔明傻傻愣站在原地。

（怎、怎麼了？這也是演戲嗎？但是……）

梅叔明完全不明白孌娘子生氣的原因，一臉困惑。

雖然不明白理由，但惹孌娘子生氣已是千真萬確。

（晚上大概會被疏遠好一陣子了吧……）

梅叔明失魂落魄，拖著腳步回到自己的房間。

但他一回房，出乎他意料的，格子窗上插著的不正是紫陽花嗎？

（噢噢！剛才果然是孌娘子大人在演戲啊！）

梅叔明喜出望外，當晚也躡手躡腳地前往孌娘子的閨房。

連續三日都被傳喚，可是至今從來都沒有過的事。興高采烈的梅叔明在幽暗的寢室中，奮力使出無上性技，令孌娘子如痴如醉。

「要昇天了——！這樣一來終於可以昇天了——！」

留下最後喊出這句話的孌娘子，梅叔明離開閨房，回到自己的房間，對於這場連自己都讚嘆的房事感到心滿意足。

隔天早晨，再度於走廊上與孌娘子擦身而過時，梅叔明滿臉得意地低聲說：

「昨夜真是太美好了……」

孌娘子的態度卻非常冷淡。

「昨夜？你在說什麼？昨夜我讓猗豹來了。」

拋下這句話後，她看都不看梅叔明一眼，毫不客氣地走了。

（怎麼了？怎麼一回事？發生了什麼事嗎……）

梅叔明歪頭疑惑，這時有人輕輕拍了拍他的肩。

一回頭，只見身後站著一個凜然魁梧的大漢。那暗暗冷笑的精悍容顏，正是擁有個人房的三人之一，朱猗豹。

「唷，叔明，聽說你連續兩晚都放了變娘子大人鴿子啊。」

被他這麼調侃，梅叔明臉上浮現不快之色。但他馬上就開口問道：

「猗豹，你昨晚被變娘子大人叫去作陪了？」

「是啊，剛剛的事就是昨晚聽來的，她可生氣了。要心計不是不行，但不懂適可而止，可是會被拋棄的。」

朱猗豹呵呵笑了。

梅叔明則陷入了極度的混亂。

（這是怎麼一回事？我昨晚確實跟變娘子大人……）

朱猗豹再度出聲，打斷了他的思考。

「話說回來，叔明，你昨晚是要去哪裡？」

「什麼？」

「我在前往變娘子大人閨房的途中看到你了。你搖搖晃晃地往反方向走去了吧？那邊除了酒庫什麼也沒有，你過去做什麼？」

「怎麼可能！」

梅叔明驚喊出聲：

「昨晚我可是去了孌娘子大人的房裡！」

「啊？昨晚去的是我啊，你沒睡傻吧？」

梅叔明語塞了。

「怎麼可能……怎麼可能……怎麼可能……」

他不斷重複著這句話，踉踉蹌蹌地走開，身後傳來朱猗豹「喂，你沒事吧？」的關切聲，但他也充耳不聞。

（酒庫？我去了酒庫嗎？那我抱的又是誰呢？難道我在酒庫裡，抱了孌娘子大人以外的女人嗎？不不不，八仙樓裡不可能會有孌娘子大人以外的女人……不可能……不可能……不可能……）

梅叔明疑惑重重地抱著頭，終於回到了自己的房間。

格子窗上，插著紫陽花。

當晚，梅叔明也沿著昏暗的迴廊，走向孌娘子的閨房。

但他沒有以往的雀躍心情。

（今晚，孌娘子大人真的找了我嗎？我真的是朝著她的房間走嗎？）

這些疑惑在他的腦海裡揮不去。

梅叔明一路非常仔細地確認自己沒有弄錯方向，避免又走往酒庫。

但眼前是恐怖的漆黑一片。不對，八仙樓的走廊原本就這麼暗嗎？猗豹都看得見在夜裡行走的我了，不是應該有點光線的嗎？現在這種連自己的鼻尖都看不見的黑暗又是什麼？這是正常的夜晚嗎？

梅叔明終於來到閨房。

黑暗室內的深處，有人的動靜，與女人的氣味。

「等你好久了……」這聲音無疑是變娘子的。

梅叔明戰戰兢兢地走近床榻，沒有對黑暗中的人影伸出手，而是開口問道：

「妳、妳……真的是變娘子大人嗎……？」

一時沒有回應。

在一陣令人窒息的沉默之後，看不見身影的女人說道：

「變娘子？」

一聽見這個聲音，梅叔明就渾身發冷。

那不是變娘子的聲音，她的音色突然變了。但不是完全沒有印象的聲音，好像曾經在哪裡聽過。

（是、是誰？這人是誰？我好像知道這個人？）

梅叔明渾身寒毛直豎，絞盡腦汁思考著。

女人則吐出了一連串陰森的話。

「孌娘子是哪一位呢？您又納了新的妾嗎？您真是過分……究竟要占有多少女人才滿意呢？我這麼欽慕您……請您只愛我一人吧……還遠遠不夠……請再多抱我一點吧……無論如何都無法昇天……請像那一晚一樣抱我，讓我昇天吧……」

不舒服的預感開始油然湧上梅叔明心頭。

相反的是，他的思考卻像是麻痺了一樣。梅叔明精神上的防衛本能，讓他拒絕去察覺這個女人的真實身分。

「吶……少爺。」

就在女人這麼說著的時候……

颯——地，高處的窗口照入了一道光。

方才那瞬間，窗外的烏雲偶然露出了縫隙。短短一剎，閃耀於黑夜中的滿月，豁然照亮了室內。

這道光照亮了什麼——梅叔明看清時，發出了悲鳴。

室內並非變娘子的閨房，而是陳列著一個個大酒罈的酒庫。

但他才不管不了酒庫。眼前的女人，那張被月光照得分分明明的女人容貌！

——是骷髏。

是空洞處被黑暗所充填的森白骸骨。

骷髏的部分只有頭，肉體部分是宛如屍蠟、附著著青白色皮肉的曼妙女人軀體。

擁有妖豔女體的骷髏頭。

骷髏嘴裡透出帶著森冷鬼氣的聲音。

「大人，請讓我昇天吧～人家迷路了，找不到去冥府的路～」

梅叔明沒聽完這句話。

他迸出尖叫聲，連滾帶爬地衝出酒庫。

梅叔明拚命逃回自己的房中，腦海裡支離破碎的思緒一波未平、一波又起地交錯著。

（聲、聲音！那個聲音！是那個女人！）

（是被我弄得過於高潮而死的那個女人！）

（死靈！殭屍！那個女人變成殭屍回來了！）

（我、我這三天，一直抱著一個死靈嗎？）

他一衝回自己的房間就落了鎖，抱著自己的身體哆嗦發抖。

這股強烈的嫌惡感不時引起噁心想吐的感覺，讓他在房內角落的馬桶又吐又瀉。

他在恐懼中度過了一夜，回過神來天色已亮。

當那張浮出黑眼圈的臉看向朝陽照入的格子窗時，梅叔明再度感到了顫慄。

格子窗上不知是誰、在何時，又插上了新的紫陽花。

那日起，梅叔明就足不出戶，一直把自己關在房內。

一到夜晚，他就不禁胡思亂想，那張骷髏的臉會不會從格子窗偷窺自己，夜裡也無法成眠。聽到了夜風呼呼吹搖樹木的聲音，就會想成是那個女人的怨靈，嗚咽呼喚著自己的名字。

一到早上，格子窗上又會被插上新的紫陽花，日復一日。

那到底是孌娘子所插上的？還是死靈以她冰冷的手所插上的？他已經無法判別。

如今，紫陽花之於梅叔明，已經是靈界遞來的可怕情書了。

若是孌娘子的邀請，他斷不會拒絕。但就算他想前往孌娘子的閨房，也會被那股摩訶不可思議的黑暗力量引誘到那個女人死靈所等待的酒庫裡。然而，再這麼對孌娘子置之不理，恩寵必定會漸漸淡薄，哪天會被拋棄也說不定。

梅叔明受到煩悶與恐懼所煎熬，只能一直將自己封閉在屋內。

插在格子窗上的紫陽花與日俱增。

窗邊的紫陽花多得如山高，終於淹沒了整座窗，朝屋內凋零、堆積。

在詭譎卻盛放得繚亂美麗的紫陽花所淹沒的房間中，梅叔明的精神漸漸、漸漸走向崩壞。

六

「幹得真漂亮啊。」

凜雪鴉燦然一笑，如斯稱讚。

這裡是刑亥屋裡的其中一間房間。

現在，刑亥與深夜來訪的凜雪鴉隔桌對坐。

「不愧是妖魔的死靈術，喚出了當初被叔明高潮而死的女人魂魄，給了她肉體，讓她偽裝成孌娘子……哎呀呀，真是太令人折服了。」

被稱讚的刑亥一點高興的表情都沒有，冷淡地看向凜雪鴉的臉。

「輕而易舉……所以呢，叔明後來怎麼了？」

「關在房間裡不肯出來了。孌娘子的寵愛已經完全不在他身上，被拋棄只是時間的問題。」

「哼，還以為這個叔明能多撐一下的，想不到是個膽小的男人啊……然後呢，你那邊進度如何了？啊？」

「這邊也非常順利，被叫到閨房的次數漸漸增加了，多虧妳替我擺脫了叔明啊。」

「你還沒對孌娘子出手嗎？」

「因為時機尚未成熟。戀愛中的角逐可是急不得的。」

「戀愛啊～」

刑亥露出意外的表情。

「你們人類的愛情真是難以理解，有情慾的話，直接辦事解決不就好了？這麼委婉地說什麼戀啊愛的，自找麻煩也該有個限度。」

「是嗎？我認為正是這樣才有趣啊！有戀啊、愛啊的點綴，也能增加房事的快感，對於不懂箇中滋味的妖魔情事，我覺得實在很可惜啊。」

刑亥聽到這番話，不禁笑出聲。

「最多只能活上幾十歲的人類，說些什麼大話？有感情房事會比較快活？在我們妖魔看來，人類跟畜生的房事不過就是『辦家家酒』罷了。靠著拙劣的技巧與幼稚的心機來產生慾望的人類才可憐啊！」

對於刑亥不以為然的高聲大笑，凜雪鴉無動於衷，反而有點訝異。

「哦？在妖魔看來，人類的房中技巧就只是辦家家酒？」

「噢噢，沒錯，人類的性技對妖魔來說，連搔癢的程度都不到。能在人類手上嚐到快感的妖魔，找遍古今東西也沒有任何一個。」

「哦哦，這真是有趣。」

凜雪鴉讚嘆地直點頭，竟毫不猶豫地對她說：

「那，要來試試嗎？」

刑亥的笑軋然而止。

「什麼？」

「我說，要不要試試看？我跟妳。說不定妳會覺得，人類這種動物的房事其實也不錯。聽妳吹噓到這種地步，妖魔的性技如何，我也很感興趣。」

刑亥方才的笑容一變，以尖銳的目光盯著凜雪鴉。

凜雪鴉仍是笑嘻嘻的，那張毫無邪氣的臉，讓她讀不出他真正的心思。

短暫與他四目相交後，刑亥轉過臉。

「哼，我才沒有必要特地嘗試人類的房事！沒什麼了不起的，我不感興趣。」

「是嗎，真可惜啊。」

凜雪鴉也乾脆地打消了提議。

刑亥一臉生氣地將頭轉向旁邊。

（這傢伙……是在戲弄我嗎？放肆的傢伙。他應該不是認真的吧？跟身為妖魔的我交合，這種事，就算是玩笑話，敢這麼說的人他還是第一個……）

刑亥發現自己竟然為了區區一個人類的話動搖。為了不讓自己在意，她格外強硬地出聲：

「再來，下一個人。」

凜雪鴉點點頭。

「下一個挑誰好呢？」

「蘭玕寶，那個長得像少女一樣的男人。」

「哦？接下來要出什麼花招呢？」

刑亥以蛇蠍般含毒的笑容勾了勾唇。

「這個，你等著看吧。」

她只說了這一句。

七

蘭玕寶一回到自己的房間，就讓纖瘦的身子倒臥在床榻上。

少女般楚楚可憐的雙頰染著淡淡桃色。

「啊啊……孌娘子大人的蜜壺……實在非常美味……」

他恍惚呢喃。

一直到方才為止，蘭玕寶都在孌娘子的閨房裡充分發揮著他的舌技。

盡情啜飲著崇拜的女主人祕處所溢出的甘美愛液，讓他酩酊大醉。

變娘子的愛液簡直如蜜般甜美。

不只愛液，她的汗水、唾液、淚水，甚至排泄物，都如花酒般甘甜美味。在他來到八仙樓前，每夜飲下的官人精液，跟變娘子的體液比起來簡直就是泥水。

「啊啊……是毒啊，變娘子大人是美麗的毒花……我就是深陷那蜜毒的中毒者……」

床榻上，蘭玕寶扭動著身體。

毒——光是想像這個字眼，蘭玕寶就覺得異常興奮。

蘭玕寶初次用毒殺生，是在他只有七歲的時候。

生於藥師之家的蘭玕寶，曾經偷來自家庫存的毒藥給附近的流浪狗吃。流浪狗翻出白眼，口吐白沫，像跳舞一樣顛顛晃晃轉了幾圈後就死了。

年幼的蘭玕寶目睹那個死狀，竟感覺到異常的性慾。

此後，蘭玕寶毒殺了貓、馬、牛等各式各樣的動物。而第一次殺害人類——一個旅行的流浪者，是他十五歲的時候。

每回毒殺生物後，便會感覺到強烈性慾的蘭玕寶，變得益發美麗了。那張原本就宛如少女般惹人憐愛的面容上，被激發出一股異樣的色慾氣息，應該稱為——淫氣，從他的五體散發出來。

被這股淫氣所魅惑的男人比女人還多。

男人們一見下過毒手的蘭玗寶，就會熱切渴望擁抱這個美少年如玉般的肉體，吸吮他的嘴。蘭玗寶此時也處在異常興奮的狀態，來者不拒，奔放地接受了他們。

蘭玗寶那堪稱絕藝的舌技與臀技，就是這樣學來的。

——眾道之技與毒殺之技。

他開始產生野心，想運使這二刀流來得到榮華富貴，是十八歲的時候。

蘭玗寶誘惑男性官人，讓他耽溺，成了他的孌童。

為了獨占官人的寵愛，蘭玗寶毒殺了其他孌童，甚至是官人的夫人與女兒。

只憑蘭玗寶一人，就破壞了溫暖和睦的官人一家。當然，他一點也沒有受到良心的譴責。

他一直謀劃著透過這個官人，混到身分更高的人身邊。

但在那之前，他遇見了孌娘子。

一看見乘轎來到都城的孌娘子美貌，蘭玗寶馬上就被迷得神魂顛倒。他將自己的野心完全拋諸腦後，毒殺了糾纏不休的官人，追著孌娘子來到了八仙樓。

（噢，說到毒，必須趁著今夜先做才行。）

蘭玕寶突然思及一事，從床榻上起身。

他將房間角落的簍子拿到桌上，簍子裡有著各式各樣的野草與昆蟲。

那是山裡野生的毒草和毒蟲，是他白天到山裡採來的。

他將它們在缽裡搗碎，榨出汁液，以布過濾後混入酒中。

那是毒藥的調製。

飲下此藥者，將神經麻痺，心臟停止而死。

不留痕跡，看起來就像不明原因的猝死。

蘭玕寶以陶醉的表情，默然進行著手中作業。

每回毒殺人後，蘭玕寶就會覺得自己變得更美。下毒殺人，對他來說就等同於化妝的行為。

要毒殺的對象已經決定了。

（雪鳴……那個新人。）

一想到那張白皙的男人臉孔，蘭玕寶咬起唇。

雪鳴以一個新人身分，已經受到孌娘子相當大的寵愛了。

方才在閨房內，孌娘子相當愉快地談論著雪鳴。不只這樣。正當蘭玕寶以舌頭刺激著她時，孌娘子在喘不過氣的瞬間，喊了一聲雪鳴的名字。

聽說雪鳴還沒對孌娘子出手。對此開始心急的淫蕩孌娘子，一面承受著蘭玕寶的舌技，心裡一面幻想著被雪鳴擁抱。

也就是說，今晚蘭玕寶其實是幫了孌娘子的自慰行為一把。

作為一個男人，沒有比這更屈辱的了。不用說，他心裡充滿強烈的嫉妒。

啜飲孌娘子愛液的喜悅雖然一時沖淡了那份嫉妒，但現在，幾近瘋狂的憎念又占據了他的身軀。

（哼哼哼！殺了他，殺了他！雪鳴，我要殺了他！）

擣著毒草的手更加用力。

彷彿要呼應蘭玕寶的心情一般，屋外吹著激烈的風雨。

蘭玕寶隱約聽見，在呼呼大作的喧囂狂風中，摻雜了彷彿女人嗚咽、又彷彿低唱般的陰鬱曲調，他停下了手。然而，他馬上就覺得應該是自己幻聽，重啟手下作業。

就在此時，他聽見有人敲了幾下門。

「誰？」

蘭玕寶並未轉向門，只是應聲。

雖然不知道是誰，但為何而來，他大概猜得出來。

恐怕是眾美男的其中之一，來向蘭玕寶借用屁股或舌頭吧。

八仙樓裡住了幾十個男人，有許多人已經不太受孌娘子寵愛，夜裡也不被傳喚，這些人只能孤單地耽溺於自慰行為中。

蘭玕寶擔任的就是安慰他們的角色。

八仙樓裡常因嫉妒而發生殺人事件。透過處理男人們的性慾，能避免招來不必要的怨恨，還能施恩收買人心，也是在樓內生存的一種處世之道。

「不好意思，今晚有事，你能明晚再來嗎？」

蘭玕寶對著門口說。然而，門再度被敲響了。

（真煩啊……）

蘭玕寶毫不掩飾厭煩地揚聲。

「我說過明晚再陪你吧，今天給我回去！」

他一說完，門被比方才更強勁數倍的力道，叩叩叩叩叩叩地敲響了。

「吵死了！到底是誰啊？」

他大聲怒斥後，敲門聲停下來了。但門外的人似乎沒有離開的樣子，就這麼無聲地站著。

一陣詭譎的寂靜流過。

對於門外不發一語也不打算離去的人，蘭玕寶開始覺得有點詭異。

「喂，是誰啊……」

蘭玕寶走近門口。

此時，一股噁心臭味沾附上蘭玕寶的鼻膜，酸腐且帶著苦味的臭氣，從門縫源源不絕地滲入。

（……什麼味道？）

就在蘭玕寶皺起眉心，用手摀住口鼻的時候——

「……玕寶……噢噢……我心愛的玕寶……」

門外的人發出了聲音。

是個低沉含糊的男聲，如氣喘病患般沙啞，聽不大清楚。

「……是誰？」

然而，聲音的主人沒有回答，只是重複著。

「……玕寶……我忘不了你啊……玕寶……玕寶……玕寶唷……」

含糊不清的嗓音中夾雜著濕潤水氣。

蘭玕寶後退了幾步，身軀顫抖著。

「玕寶唷」這個叫法他有印象，蘭玕寶記得有個人這麼叫他。

但怎麼可能，沒道理啊！這麼叫他的人應該已經不在世上了。

「……楊大人……？」

蘭玕寶戰戰兢兢地說出這個名字。

楊道慶——曾經寵愛蘭玕寶的官人，理應被他毒殺身亡的男人名字。

「……玕寶唷……玕寶唷……好冷好冷，幫我開門……咦，是開著的啊？」

門微微發出咿呀聲。

「可以進去嗎……？好久不見，好想看看你那張美麗的臉啊……可以進去嗎……？可以進去嗎……？你怎麼不回答？可以進去吧……？要進去囉……？我要進去囉？」

因顫慄而僵硬的蘭玕寶眼前，門發出鈍聲，被人推開。

這時，突然傳來一陣彷彿要擰斷鼻子的腐臭。

伴隨著呸嗒呸嗒踩著濕布般的腳步聲，一個異樣生物侵入了房間。

——是一具腐爛的屍體。

皮膚腐蝕化膿、滴出汁液、顏面崩爛、鼻梁塌陷、眼球白濁，已經不是人類的樣貌了。頭皮也剝落了大半，看得見頭骨。所剩無幾的頭髮更加強了其悲慘模樣。缺了幾顆牙齒的口腔裡，有什麼蠢蠢欲動。是數不清的蛆。

讓人足以辨別他生前身分的，是他高大寬闊的身軀上所穿的上等衣袍。那件衣袍，確實是蘭玕寶所伺候過的官人楊道慶所愛穿的。

腐爛屍體難以辨別焦點的混濁視線，轉向了蘭玕寶抽搐顫抖的臉。

「……噢噢……噢噢，好久不見了……玕寶……你還是這麼美麗……」

從他發出聲音的口中，蛆啪搭啪搭地掉下來。

「楊、楊大人……為、為什麼你在這裡……？」

蘭玕寶顫抖著發出的疑問有點可笑。眼前如夢魘般的情景，讓他無法正常思考。

「什麼？這還用說嘛……我是來見你的啊……因為想念你，到處都找遍了……終於找到你……原來你在這裡啊……」

腐爛的屍體說道，身體哆嗦發著抖。骯髒的腐肉散落成飛沫。

「……好冷……唔唔？被雨打得好冷啊……好想取暖……酒……沒有酒嗎？」

腐爛死屍轉著頭，他的眼神所停留的，是小桌上的酒壺。

「……噢噢，這不是酒嗎。那我就不客氣了……」

他腳步濕漉漉地走近小桌，抓住酒壺。

「啊，那個是……！」

蘭玕寶喊道。酒壺裡的，是才調製到一半的毒酒。

腐爛死屍咕嚕咕嚕地喝完了酒壺裡的東西。

「好喝！啊啊……真好喝！這個味道，我記得哦……這是你最後為老朽斟的酒啊……啊啊……真好喝！已經停止的心臟現在好像又開始跳了。」

喝下能停止心跳的毒藥後說出的這番話，聽來像是玩笑，蘭玕寶卻笑不出來。

腐爛死屍將頭扭向蘭玕寶。

「但、但是……還是好冷……沒有了嗎？沒有酒了嗎……？」

房內理應被火炕烘得相當暖和，腐爛死屍卻仍這麼說。

「對、對不起……酒只有這些……」

「那，該怎麼辦呢……？該怎麼辦，才可以溫暖我冰冷的身體呢……？」

腐爛死屍一副想品嚐蘭玕寶身體的模樣，腐爛且崩壞的臉上，彷彿浮現出好色的情緒。

蘭玕寶一察覺那個表情的意義，背脊唰地寒毛直豎。

「果然……要溫暖冰冷的身體就必須……」

「火！我、我現在就生火！」

蘭玕寶慌亂地打斷腐爛死屍的話。

他像是彈開一般，撲向房間內準備的火爐，瘋狂打著火，手卻因恐懼而顫抖，無法順利生出火來。

「……還沒嗎……還沒……點好火嗎？好冷、好冷……比起火，要溫暖冰冷的身體還是要……」

「點、點起來了！剛剛點起火了！」

蘭玕寶將終於點燃的乾草束插入爐子裡的柴薪縫隙，等待火焰轉移到柴薪上的時間感覺漫長得令人害怕。

「好冷……好冷……火好弱……火再大一點……光靠火的話無法取暖吧？用火以外的方法來暖和身子吧……」

「火、火就很夠了！馬、馬上就會溫暖起來的，請、請、請稍等！」

蘭玕寶不斷將柴火丟入爐子裡。腐爛死屍不停說著「好冷好冷」，被逼急的蘭玕寶，將火升得更大更旺。

必須溫暖這屍體的冰冷軀體不可，否則腐爛死屍就會用別的方法來取暖了。而那個方法是？

蘭玕寶已經猜到了。雖然猜到，卻努力不讓它占據自己的思緒。因為光是想像那個方法，就噁心得令他要吐了……

房間裡已經被熱氣籠罩得彷彿盛夏。

儘管如此，腐爛死屍仍不斷說著「好冷、好冷」。

此時，蘭玕寶突然想到一個不吉的事實。

（死人的身體到底能不能用火來烘暖？萬一生了再多火都沒用呢……？）

但是，只要一想到自己停下生火之後，等待著自己的情景，他就無法停止生火的手。蘭玕寶別無選擇，只能拚命將柴薪丟進火爐。

然而，絕望的一刻終於到來，柴薪用盡了。

「……好冷……好冷啊……怎麼了……？已經沒有柴火了嗎？」

含糊不清的陰森嗓音從背後傳來。

「我、我現在就去取柴薪！」

蘭玕寶大叫，想從房內飛奔出去。打算就這麼逃出去再也不回來。

然而，腐爛死屍的大塊身軀擋住了他的去路，對著愣站在原地的蘭玕寶如是說道：

「……火……已經不用了……」

「但、但是……您不是冷嗎……」

「……我用別的方法取暖……」

「別、別的方法是……」

蘭玕寶臉上濕漉滲出的汗，是與房內熱氣截然相反的冰冷。

腐爛死屍臉部大大歪斜，笑了。

「你知道的吧……？」

說著，腐爛死屍從腿間拉出了什麼東西。

雖然糜爛腐化、爬滿了蛆，但那是如擀麵棒般相當長大的男性象徵。

「請、請、請放過我……」

怪異男根滴著不像膿汁也不像精液的液體，逐步逼近後退的蘭玕寶。

「……果然……要溫暖身體，還是用你的身體最好了……我一直、一直想要你啊……想再抱你一次，才遠道找來的……來吧，這麼久不見，讓我好好享受吧……好好溫暖我吧……好好用你的舌頭跟屁股……喏，玕寶唷……」

一說完，腐爛死屍展現不可思議的敏捷，撲向蘭玕寶。

蘭玕寶尖叫的嘴，被布滿蛆的嘴塞住。

熱氣蒸騰的深夜房內，隨後展開的，是一場堪稱壯烈、淒絕、慘不忍睹、醜陋至極，宛如妖夢般的情景。

太過噁心，讓蘭玕寶數度嘔吐；太過恐怖，讓蘭玕寶數度失禁。

吐瀉物、尿、腐肉、蛆蟲……與美少年蘭玕寶的秀麗肉體渾然混雜成一體，宛如同時描繪了美醜兩個極致的魔界春色！

被凌辱玩弄的時間過了不知多久。

被百般折磨、半喪心神的蘭玕寶，耳中傳來這樣的聲音。

「噢噢……噢噢……果然，只有你的身體溫暖得了老朽啊……今晚好好暖了一番身子……記住了……我記住了……只要來這裡就能取暖……我明天也會來的……後天也會來的……在這裡等著我吧……」

等他回過神來，腐爛死屍的身影已經消失了。

只剩下悶悶的熱氣與腐臭，殘留在蘭玕寶的房裡。

說過明天、後天都會再來的腐爛死屍，毫不食言，每夜每夜都在蘭玕寶的房裡出現。

他貪婪索求蘭玕寶的肉體，直到天色將亮，才消失無蹤。

將門上鎖也沒有用，楊道慶會以他生前根本沒有的強勁臂力撬開門，入侵房內。

「求求你們了！今夜來住在我的房間裡吧，屁股也好舌頭也好都讓你們用！不、不對，是讓我住在你們的房間裡吧！」

蘭玕寶到處跟美男子們懇求著，但沒有半個人點頭答應。

因為被腐爛死屍抱了一整晚的蘭玕寶，身體飄散著洗也洗不掉的沖天腐臭。

當然，鑾娘子也對蘭玕寶散發出來的惡臭退避三舍，不再邀請他進入自己的閨房。

孤立無援的蘭玕寶求救無門，腐爛死屍一晚也不曾缺席地出現在他眼前。

「噢噢……噢噢……暖和了。明天也在這裡吧……我記下這個地方了，只要來這裡，冰冷的身體就能取暖……」

每次，他都會這麼宣告，然後離開。

（只要待在這裡……只要待在八仙樓……我就逃不開他……！）

但蘭玕寶仍然無法離開有變娘子的八仙樓，儘管渾身散發惡臭的他早已遠離了變娘子的寵愛。

然而，他對變娘子鋼鐵般的執著之心，也被與腐爛死屍每夜上演的房事漸漸消耗殆盡。

（只要待在這裡……只要待在這裡……只要待在這裡……只要待在這裡……）

蘭玕寶逃離八仙樓，是在腐爛死屍出現後一個多月的事。

八

「你這傢伙，真的愛上變娘子了嗎？」

刑亥對著來到屋子找她的凜雪鴉問道。

「愛呀。」

凜雪鴉爽快回答。

「所以才會想盡奇計攻陷變娘子不是嗎？噢噢，說到奇計，役使被玕寶毒殺的官人腐屍，還真是個惡劣的奇計啊。就算玕寶不在後空出了一間房，弄得那麼臭也沒人想進去了。」

「別岔開話題。」

刑亥斷然說道：

「你這傢伙，其實沒有愛上變娘子吧？」

凜雪鴉止了笑，清澈目光轉向刑亥。

「看起來是這樣嗎？」

「是啊，看起來是。八仙樓的美男子們各個讚美、崇拜變娘子，耽溺於她的肉體，但你不同，被變娘子找進閨房好幾次，卻還不打算抱她。再說，你也不像其他美男子一樣，老是眼光痴傻地看著變娘子。怎麼想都很奇怪，你真的迷戀她嗎？」

凜雪鴉「嗯」了一聲，露出深思的模樣後——

「我是迷戀她……但沒有被她迷惑。」

如是說道。

「我是想讓變娘子愛上我，也就是說，不是想崇拜變娘子，而是想征服她。被美色所惑，一味讚美她，也達不成目的，不是嗎？」

「這，雖然是這麼說……但我想不通……」

「想不通什麼？」

「竟然有不受變娘子迷惑的人類男人……」

刑亥的疑惑也是無可厚非的，畢竟連嚐遍色道滋味的個人房三人組，甚至提議要幫助地主女兒的江湖好漢，都瞬間為變娘子的美貌神魂顛倒。凜雪鴉連續被邀請到變娘子的閨房，卻還能保持理智，令她百思不得其解。

「啊，原來是這點啊。」

凜雪鴉坦然解釋道：

「變娘子的美貌確實藏著非比尋常的魔力。就算閉上了眼也會聽見聲音；不去聽聲音也會聞到香氣；不去聞香氣，她的愛撫仍會潛入男人心底，將之魅惑。光是封閉這些感官，是難以逃離變娘子誘惑的，應該封閉的並不是這些。」

「那是什麼？」

「心。」

凜雪鴉將手放在自己胸膛上。

「不想被變娘子迷惑，就將心封閉。用禪僧的話來說，就是『不動心』吧，我對這種心法稍有領會。變娘子魔性的美貌我早有耳聞，所以在面對她時以不動心來因應，是以我能夠欣賞她的美麗，卻不會被誘惑。就是這麼一回事，懂了嗎？」

刑亥啞然。凜雪鴉說得簡單，但那可是禪中極意，不是常人能輕易到達的境界啊。

「不動心……？原來如此，但這不就說明你還是沒有愛上變娘子嗎？」

「不不不，愛上了。我說過吧，即使封閉心房，還是能夠欣賞她的美麗。這個世上絕無僅有的美麗財寶，我打從心底愛著呢。」

凜雪鴉淡淡一笑，點燃煙管，神情恍惚地抽起煙來。紫煙飄散在刑亥與凜雪鴉之間。

「所以說，你不是把變娘子當成人類女子來愛，而是當成一件美麗的飾品或物品，是這樣嗎？」

凜雪鴉立即回應了刑亥的問題。

「不，是當作人。就是人才好，不是人的話我不會愛上的。」

這番話隱有深意。

（盜賊的想法還真是難懂。）

正當刑亥在心裡訝異低喃時，凜雪鴉突然開口：

「不過，我最近開始覺得不是人類也不錯。」

「不是人類？」

「是啊。」

「你指什麼？」

「妖魔，也就是妳。」

「啊!?」

刑亥扭曲了原本如花似玉的面容，彷彿他說了什麼奇怪的話。

「我最近開始覺得來這裡跟妳說說話非常開心，雖然不是第一次遇上妖魔，但不曾有過這麼深的交流。與人類避之唯恐不及的妖魔說起話來，意外覺得你們是群不錯的傢伙呢。」

刑亥細長的眼目往上吊起。

「哦……你是說妖魔不恐怖……？你覺得我不錯……？」

被一介人類這麼說，某種意義上對妖魔來說是個侮辱。

不知道他究竟有沒有察覺到刑亥問句裡的威嚇，凜雪鴉緩緩地「嗯——」了一聲。

「不錯……可能說得不太準確。妳嘛……」

他接著說了這句。

「我開始覺得很可愛。」

「去死！」

突然，一條如赤蛇模樣的東西從刑亥手中跳出，那是她所愛用的赤縄鞭「弔命棘」。長鞭以強烈勁勢破空掃來，打中之處響起碎裂聲。但那裡沒有凜雪鴉的身影，他已經向後跳退了。

「失敬失敬，沒想到惹得妳這麼生氣。」

刑亥對著眼前這張若無其事的面容吼道：

「混帳！不准愚弄我！」

「居然說是愚弄，我是真的覺得妳很可愛……」

「還要說嗎！」

鞭風再度掃來。凜雪鴉面不改色，以甚是優雅的動作閃躲這一鞭。

「別生氣、別生氣，殺了我是攻陷孌娘子失敗後的約定吧？如果惹妳不開心那我道歉，以後我會注意發言的。」

「下次就殺了你！」

刑亥還沒氣消地瞪著凜雪鴉。

「真嚇人，但我就是欣賞妳這種性格。哎呀，說這種話又要被罵了吧？我們換個話題，來說說下次的對手吧？」

凜雪鴉從容不迫地回到椅子上，刑亥眼神銳利地盯著他，也跟著坐下。

「最後是朱猗豹吧？」

刑亥的問句裡仍殘留著慍怒。

「沒錯。這傢伙可不能用前兩人的方法對付，畢竟是聞名江湖的豪傑，沒軟弱到會怕一、兩個死靈，反會被他打得落花流水也說不定。」

刑亥以鼻哼了聲。

「所以不只一、兩個的話就可以了吧？」

憑這不鹹不淡的一句話，凜雪鴉就明白刑亥接下來的計畫了。他了然地點了點頭，表情卻有些憂慮。

「這個計策沒問題吧？我不是不相信妳的能力……但猗豹那個男人，妳還是不要小看比較好……」

「別干涉我的作法。」

說完，刑亥別過頭，沉默板著臉。

「還在生氣嗎？」

刑亥默不吭聲，也不回答。凜雪鴉哎呀呀地嘆了口氣。

「看來我是徹底惹得妳不開心了。算了，計劃就交給妳……我看我還是回去比較好。萬事拜託囉！」

凜雪鴉說著站起身。直到他走出房間，刑亥都不屑一顧。

她心裡正因憤懣而煩亂。

（討厭！討厭！討厭！真是惹人厭的傢伙！）

刑亥一踢桌腳。

（跟我見面很開心？我很可愛？開什麼玩笑！前陣子也是這樣！厚顏無恥地說什麼想抱我！把他大卸八塊才開心呢！我要讓他知道愚弄妖魔有什麼下場！）

刑亥又踢了兩三次桌腳。

此時，房間角落的椅子上，至今不發一語的活人偶突然出聲。

「刑亥大人！刑亥大人！您在生什麼氣呢？請息怒！幫您揉揉肩膀好嗎？幫您倒茶好嗎？」

「什麼都不需要！」

她一喝，人偶沉默了。

「……真是廢物。」

她輕嘖。

仔細望著被她罵「廢物」的那個活人偶。

這個活人偶本來已經幾近完成了，如今重新一看，不知怎地，越看越像未完成的瑕疵品。

眼睛做得太大，嘴唇太厚沒有美感，髮色也不合心意……

越看越覺得充滿缺陷，距離理想狀態還很遙遠。

「再去催催變娘子吧。」

但就算催了，也拿不到屬意的部位吧。

「啊啊，可惡！」

她一踢桌子。真是個什麼都教她煩心的一晚。

九

朱猗豹在自己的房內，拔出慣用的佩刀，低喃道：

「接下來，輪到我了嗎？」

打磨得有如鏡面般的刀身上，映出他自己的笑容。

他一揮，將刀收回腰間的刀鞘。

「還不來嗎？快點出現啊，妖魔鬼怪。」

梅叔明關在自己的房裡不肯出來，蘭玗寶從八仙樓裡失蹤了。

眾人之間謠傳著，兩人在變成這樣之前，都經歷了奇怪的事。

——被死去的女人招到了酒庫。

——腐爛死屍每夜造訪。

個人房三人組其中兩人遭遇如斯怪異，絕非偶然，定是有人策劃陷害這三人。

那麼，再來就輪到自己了，朱猗豹如此確信。

但他毫無畏懼，反而很期待，甚至等得心急。

（雖然不知道會是死靈還是腐爛死屍……但只要一出現就通通斬了他們。）

要說心懷怨恨而化作妖魔鬼怪來找他的人，數也數不清。

跟他偷情女人的丈夫、被騙而自殺的女人、被他所殺的盜賊們……

（誰來都好，就算是死去的娘都沒關係。我朱猗豹可不是會害怕這種狐狸妖怪的人。）

擊退妖怪對一個江湖漢子來說，沒有不熱血沸騰的。

但他有一個疑問。

究竟是誰在役使亡者，弄出這一波波怪異現象？

朱猗豹也曾耳聞，能運使死靈術的女妖魔棲息於這座深山裡。但這種事不過是無聊的怪談罷了。再說，泣宵女妖到底有什麼意圖要來招惹八仙樓？

（算了，就當作是他吧，就先當作是那傢伙幹的吧。）

朱猗豹懶得深思，早早就做出了結論。

（雪鳴……是他吧，凝眼的傢伙，就是那傢伙搞出了死靈這種怪事吧？）

朱猗豹雖然一語中的，但其實沒有任何根據，大概是出於這個擁有強烈獸性的男人野生的直覺。

「現在就先殺了他吧。」

他的口吻彷彿就像在說：盡早了結了這件事吧。

朱猗豹原本就打算早晚要除掉深受孌娘子寵愛的雪鳴。雖然不知道他是否就是這些怪異的元凶，但殺了他也沒有損失。

朱猗豹是個一旦下決心就會馬上行動的男人，如今也因著一點念頭，就要去殺他看不順眼的美男子了。

他拎起佩刀，出了自己房間。太陽已經完全下山，外頭依舊下著傾盆大雨，他朝著雪鳴所住的房間而去。

他打算隨便找個藉口，將雪鳴騙到山中殺害。跟雪鳴同房的男人們應該會發現朱猗豹殺了雪鳴，但他不在乎，威脅他們閉嘴就可以了，也可以藉此牽制他們：敢得寸進尺、狂妄自大，你們也會有同樣下場。

就在他一面想著一面走在八仙樓迴廊上時……

「哦？」

隔著中庭的迴廊正對側，他看到了一襲藍裳的男人身影。

在夜裡仍華美奪目的那身衣裳，無疑是雪鳴。

雪鳴彷彿完全沒注意到自己，走下迴廊，不知想往哪裡去。

（這麼晚了，那傢伙想去哪？）

朱猗豹疑惑地尾隨在雪鳴身後。

雪鳴所走的方向是八仙樓正門。正巧，連騙都不用騙，他就往八仙樓外走去了。

雪鳴並未撐傘，走在滂沱大雨的山路上。朱猗豹保持著一定距離追在他身後。不久，雪鳴脫離山路，竄入幽暗的樹林裡。

（雖然不知道他要去哪裡……不過正好，就在這裡殺了他吧。）

朱猗豹竊笑。就在他的手按上佩刀刀柄時——

雪鳴走在前方的身影，突然咻地消失在黑暗中。

「唔!?」

朱猗豹衝到雪鳴消失的地點。

毫無雪鳴的蹤影，他不知道是飛天還是遁地，就這麼突然消失了。

「怪了？跑去哪了？」

朱猗豹張望四周。

他察覺有股氣息辛辣地刺激著他的肌膚。

周圍的林木與樹叢開始騷動地搖晃起來。

不是被風吹動的搖晃，而是一大群不知道什麼東西躲在樹蔭、樹叢裡蠢蠢欲動。

令人窒息的濃厚妖氣騰騰散發出來。

須臾，林木與樹叢的搖晃變得劇烈。

——噢噢噢……噢噢噢……

——噢噢噢……噢噢噢……

四面八方的黑暗中，湧出地鳴般的呻吟聲。

「原來，被誘入圈套的是我嗎？」

說出這話的朱猗豹，臉上卻相反地浮出笑容。

呻吟聲不久轉變為怨嗟之聲。

——噢噢噢……猗豹……猗豹……

——你好大的膽子……竟敢殺了我……

——噢噢噢……噢噢噢……竟敢搶走我的妻子……

——我現在就要報仇雪恨……

——噢噢噢……我要報仇、要報仇……

終於，樹叢間開始看得見蠢動之物。

是無數歪斜的人影。

是人骨。穿著破爛衣物的一群骸骨，在黑暗中躁動著。

有缺了一支手臂的、有沒了頭的、有少了半身的……

有人半邊臉上貼著乾癟的皮，有人只剩下頭頂蜷曲的毛髮，有人乾枯的眼球在眼窩裡轉著。共通的一點是，每副骸骨都拿著生了褐鏽的劍、刀、棍、杖、長槍等兵器武裝著。人數不下十幾二十個。

被這麼多亡者包圍，朱猗豹臉上仍不露絲毫恐懼或動搖之色。

「嘿，是被我殺死的盜賊團的傢伙嗎？還是那個混帳商人派來的刺客變成的？還是兩邊都有？不管你們是誰——」

朱猗豹無畏說道，拔出佩刀。

「放馬過來吧，我會把你們全都送回冥府。」

彷彿把這句話當成了信號，骸骨們一齊殺向朱猗豹。

朱猗豹健壯的體內勃然漲起熊熊內勁。

「嚇啊！」

白刃伴著裂帛氣勢迴旋，在黑夜中劃出一道銀光，瞬間將周遭約十具骸骨砍成兩半，滾落在大地上。

但就算身體被砍斷，骸骨仍然爬起身子，朝著朱猗豹蜂擁而去。

朱猗豹一瞬露出了驚訝的表情，然而馬上就被笑容取代。

「有意思！不把你們砍成碎片就會繼續動是嗎？」

朱猗豹吼道，兩具持槍的骸骨朝著他猛攻而來。

「不自量力！」

他一喝，橫刀放出一斬。在貫注了強烈內勁的斬擊下，兩具骸骨如陶器般碎散。

朱猗豹蹬地一跳，縱身飛入骸骨群中。

爍爍揮舞的刀身一一斬伏蜂擁而來的亡者們。

揮刀自如的朱猗豹，宛如擁有意識的龍捲風。

被捲入的骸骨轉眼間就變成了粉碎的骨片。

「怎麼了、怎麼了啊？明明就是骨頭，卻一點骨氣也沒有啊！沒有點厲害的角色嗎？」

彷彿要回應朱猗豹盛氣凌人的吼叫，一尊巨大骸骨從草叢裡猛然現身，此人生前想必是什麼有名的豪傑吧。他如旋風般颼颼揮舞著手中的金碎棒挑戰，卻也被朱猗豹霸氣滿溢的一刀由頭頂筆直砍成兩半，陷入地裡。

短短時間內，他腳邊已經滿是四散的碎骨，幾乎連站的地方都要沒有了。只剩手臂的骸骨微微顫動著，看來更加可憐。

儘管如此，骸骨仍源源不絕地由後方湧來。這個叫朱猗豹的男人，至今究竟殺了多少人啊。

但是，朱猗豹的動作不見衰退。儘管不斷來回使出渾身解數，他身姿的靈敏卻與戰鬥開始時相去無幾。

這也是理所當然的。朱猗豹這個男人的精力，可是能與女人交歡七天七夜而毫無精盡之態。就算這麼持續戰鬥七天七夜，他體力也還有遊刃有餘吧。

（……話說回來，真是沒完沒了啊。）

朱猗豹又砍倒了兩具骸骨，一面想著。

（沒什麼方法能一次了斷嗎……）

此時，朱猗豹耳裡捕捉到了混雜在雨聲中的細微音色。

雖然若有似無，但確實有個妖異悲傷、宛如女子歌唱般的聲響。

（就是這傢伙嗎……！）

朱猗豹嘴角浮現淒絕的笑。

他敲碎了擋在眼前的骸骨頭部，不再理會其他骸骨，直奔入樹林深處。

他的目標，是那妖異歌聲傳來的方位。

山林深處豁然出現一片沒什麼樹木的空曠之地。

那裡有一名正妖豔跳舞、唱歌的女人。

女人周身竄起如焰妖氣，將四周映照得通紅。

嫋嫋哀泣的歌聲甚至透著鬼界氣息，她所吟唱的詩歌已分辨不出是屬於哪個時代、又是哪一國的語言。連無言的木石彷彿都沉醉於她的音色，在手舞足蹈的女人所散發的陰光中，陰森地搖曳著影子。

表現出這幅美麗詭譎，宛如妖夢光景的人，不用說，自然是刑亥。

泣宵女妖魔刑亥所吟唱的歌，不可能是尋常歌曲。

——那是妖魔的死靈術。

這首曲子悲傷的音色，能喚醒死者悔恨的意念，並自如地役使他們。刑亥就是用這首歌將骸骨們當作魁儡操縱，襲擊朱猗豹。

然而，載歌載舞的刑亥面上卻浮現微微的焦躁之色。

（朱猗豹！這傢伙比我想得還強……！）

刑亥的策略是這樣。

以凜雪鴉的幻象將朱猗豹引誘過來，再引出無數亡者的滿腔怨恨，讓他們襲擊他。朱猗豹再如何剛強，也是敵眾我寡，就算能戰上一會兒，終究會逃回八仙樓。

但是，骸骨們會整夜追擊朱猗豹。接連幾日跟亡者們戰鬥下來，朱猗豹的精神將漸漸疲弊，最後不是失去理智，就是從八仙樓逃走。

但，刑亥過於低估朱猗豹這個男人的能耐了。

面對這麼多亡者仍毫無畏懼，甚至戰得愉悅。那股氣勢，彷彿一夜就能殲滅掉刑亥所打造出來的骸骨軍團。

更糟糕的是，朱猗豹好像注意到了自己的存在。刑亥能感覺到朱猗豹那股猛暴的氣息，正徐徐往自己所在之處接近。

（可惡，該怎麼辦!?）

襲擊者與被襲擊者，已是身分逆轉。

現在山林裡的骸骨們雖然傾巢而出阻擋朱猗豹的侵略，但被突破也只是時間的問題。

（要解除術法逃離嗎？現在的話還逃得了。）

但刑亥此時想起的，是凜雪鴉日前在屋裡所說的話。

——這個計策沒問題吧？不是不相信妳的能力……但猗豹那個男人，還是不要小看比較好……

（可惡！要是就這樣撤退，不就讓那個討人厭的男人說中了嗎？）

一想到他得意地耍著嘴皮子說「我就說吧」，她就沒辦法這麼狼狽地捲起尾巴逃跑。這一番遲疑，讓刑亥也失了逃走的時機。

有個東西從前方樹林內飛出，掉落在地。是個被砍成兩半的頭蓋骨。

刑亥猛然停下吟唱，視線前方——森林的黑暗與刑亥散發出的陰光，光與闇的間距中，有一人如貓科野獸般小心翼翼地走出。

這個手執白刃、體格精壯的男人正是朱猗豹。他以手中的刀盡數斬殺了擋在前方的亡者們，終於來到了此處。

「妳？刑亥？變娘子大人的朋友……？」

朱猗豹雖然一時驚訝瞠目，但馬上就意會過來。

「這對角、這身妖氣……原來妳是妖魔嗎？擊退妖魔，有意思。」

他精悍的臉上浮現殘忍的笑容，強韌的肉體散發出滾滾熱氣般的攻擊鬥志。刑亥被震懾得後退數步。

刑亥停止了吟唱與舞蹈，役使亡者之術早已解開，就算想要繼續術法，能當作傀儡來操縱的骸骨也沒剩多少了。

弔命棘從刑亥衣袍內竄出。宛如飛蛇舞於空中的赤繩，威嚇般的一擊地面。

「禽獸，就用這鞭子調教調教你吧。」

刑亥扯緊鞭子，大膽放話，但這不過是她努力的虛張聲勢罷了。她雖維持一貫冷酷刻薄的表情，但心裡早已亂了分寸。

（面對打倒了這麼多亡者的男人，我的鞭子有用嗎……？）

沒有讓她思考的時間了。

「嚇！」

朱猗豹一喝聲，蹬地而起。刀劍一字橫擺，如孤翼飛燕疾驅而來。

朝著正面撲來的逼人氣勢，刑亥出鞭。伸縮自如的赤繩劃出半圓，由側面襲向朱猗豹，鞭子理應纏上他粗大的頸子，將他絞殺才是。

然而，朱猗豹的佩刀彷彿化作亂舞的銀蛇，半瞬後——在空中翻騰得靈活如生的鞭子被砍成碎片，徒然地散落大地。

瞳孔瞪大的刑亥，已經沒有防身之術。

朱猗豹已逼近至前方幾丈。擺出突刺姿態的白刃，化做流星直取刑亥胸口。就在逃不了的冰冷絕望閃過刑亥腦海的剎那——

猝然，一片大紅色在刑亥眼前竄起。

「這……!?」

刑亥、朱猗豹兩人同時發出驚愕。

阻擋朱猗豹攻擊的是一道燃燒起來的火焰障壁。

灼人的熱氣讓朱猗豹跳退了兩、三丈。他被熾亮的炎壁遮住視線，無法看見對側的刑亥。

「可惡！是妖術嗎？這個妖魔！」

朱猗豹咒罵道，但刑亥也驚愕於這道唐突出現的火焰障壁。

（我不知道這樣的術法啊!?這種術法……是誰!?）

刑亥正困惑著，有人猛地一拉她的手。

回頭一看，是一張銀髮白淨的男人容顏。

「凜雪鴉!?」

「逃命了，往森林方向去。」

凜雪鴉悄聲說完後就跑開。手被拉著的刑亥也跟著凜雪鴉跑入後方的森林裡。火焰障壁另一側，無法跨越的朱猗豹猛跺著腳，放聲大喊刑亥的名字：

「刑亥！妳這傢伙，等著吧！妳給我等著！刑亥！」

他們聽著背後朱猗豹的吶喊，在黑暗的樹林裡跑著。

就在朱猗豹的聲音離得很遠後，凜雪鴉終於開了口：

「我就說吧。」

果然被這麼說了，刑亥悔恨地咬牙。

「這次走了步壞棋啊，刑亥，妳有點太小看朱猗豹這個男人了。」

凜雪鴉的口吻裡沒有責備之意，仍是平常淡然的口吻，這反而正讓刑亥感到可惱。雖然可惱，但是事實，她也無法反駁。

為了排解這份氣憤，她問道：

「你為何在這裡？」

「擔心妳的計策啊。來看了一下果然不出所料。」

「那個火焰是你弄出來的？你做了什麼？」

「是這個唷。」

凜雪鴉取出煙管給她看。

「魔法道具嗎？」

「嗯，多虧有了這個，生起火來沒費什麼力。美中不足的是，火力有點太強了。」

凜雪鴉說完，停下腳步。

「我看逃到這裡應該夠了。妳就先回屋子吧，接下來由我接手。」

「你來？你打算做什麼？」

「用這個。」

他搖了搖方才的煙管。

「這個除了生火以外，可還有些其他功能，我想到了一個利用它的計策。因為是權宜之計，倒也不是毫無疑慮，但應該要比妳的計策好。」

他的話讓刑亥心頭隱怒。

「別瞧不起我，凜雪鴉，我可不想讓你替我善後。方才確實是失敗了，但我刑亥可以馬上就準備出第二、第三策略。」

「太危險了。」

凜雪鴉搖了搖頭。

「妳仍然小看那個朱猗豹，再交給妳的話太危險了。」

刑亥勃然大怒。

「你才是，不要小看我……！你這傢伙，給我看著！朱猗豹這種人……」

「刑亥。」

凜雪鴉意外強硬的聲嗓，打斷了刑亥激動的話。

他澄澈的眼神筆直凝視著刑亥。

「我是不希望妳死。」

那是認真的嗓音。凜雪鴉白瓷般的容顏、銀色的髮映在幽暗中。

刑亥說不出話了，方才的氣憤也煙消雲散。

她不禁看著凜雪鴉凝視自己的臉，看得傻了。她曾認為柔弱又討厭、那張衣冠禽獸的臉，現在不知道為何看起來凜然又可靠。

兩人無言對視了好一會。終於——

「……我知道了。」

刑亥低喃，移開了目光。

「哼，仔細想想，這是你自己想做的事，我只是不得已才幫你的，沒必要出力到以身犯險的地步。」

「是啊，妳說得對。」

凜雪鴉微微苦笑，離開了刑亥。

「我走了，在妳的屋子裡再見吧。」

凜雪鴉說著，背過刑亥，藍色衣袍飄然一轉，颯爽地離去了。

察覺自己又看著他的背影看得傻了，刑亥「嘖」地一咂舌。

朱猗豹尋找逃脫的女妖魔，在山林裡來回奔走著。

「在哪裡？逃到哪裡了？喂！給我出來！」

他揮刀砍著擋路的矮樹叢，一面凶暴吼叫、一面奮勇前進的姿態，想必連山裡的熊、虎都要嚇得發抖。

方才擋在朱猗豹前面的火焰障壁，因為滂沱豪雨，不用多久就被澆熄了。

但是，錯失了方才差一點就能殺掉的獵物，朱猗豹已經完全氣血衝腦。

「畜生！要什麼小聰明的火遁術！在哪裡？跑去哪裡了？」

就在此時，他看見視線遙遙前方的樹叢間，有東西窸窣一動。

一身黑紅衣裳，無疑是刑亥。

刑亥回頭看了朱猗豹一眼，隨即轉身逃了。

「找到妳了。」

朱猗豹得意一笑，追著刑亥跑去。

在茂盛的山白竹與荊棘叢裡，逃跑中不斷回頭的刑亥背影出現了又消失。

在樹林內追逐了一會後，朱猗豹「咦？」一聲地睜大了眼。

刑亥逃跑的方向——樹林間逐漸出現一幢熟悉的建築物。

（是八仙樓？）

那棟建築物是八仙樓——的正後方，那裡應該有一片紫陽花盛放的遼闊後苑。

看來刑亥是打著什麼算盤，想逃入八仙樓。

「愚蠢，妳這下是甕中之鱉了！」

朱猗豹喊道，加快了追趕的腳步，不一會兒就奔入了八仙樓的後苑。

但他在這裡又跟丟了刑亥，放目所及，只有紫陽花、石燈籠、鯉魚悠游的人工池、座落池畔的紅頂涼亭以及池內的奇岩。

「在哪裡啊～？藏在哪裡～？」

朱猗豹來回張望著。開闊的庭園跟森林裡不一樣，想藏身的話只有紫陽花蔭這點大的地方，一下就會被發現。

朱猗豹的目光停在了某一點上。

他目光看著的，是紅色屋頂的涼亭。

亭內坐著一個正眺望遠方的女子。

「有了！」

雖然不知道她為何敢悠閒坐著，但那個頭上長著深紅長角的女人一定就是刑亥。

「妳逃不掉了！」

朱猗豹一喊，揮刀朝刑亥坐著的亭子疾步而去。

愕然回頭的刑亥臉上，雙瞳驚恐地瞪大了。

孌娘子坐在八仙樓後苑的亭子裡，正沉浸在性交後舒服的慵懶中。

在這種深夜來到庭園，是為了讓方才與美男子們進行激烈房事而發熱的身體涼快一下。

交歡完後，有時她會直接睡下，但有時則會因為冷靜不下的興奮而無法入睡。這種時候，她習慣來到這個後苑的涼亭裡吹風。

這時她的耳邊突然傳來宛如野獸咆哮的聲音。

她大吃一驚。有人握著銀白刀刃，朝著這裡衝來。

那個身軀魁梧、面容端正的男人，正是她所寵愛的朱猗豹。

「猗豹!?」

儘管她出了聲，朱猗豹卻未停下腳步。朱猗豹平時對她的崇拜雙眼，此時熠熠閃耀著非同兒戲的鮮明殺意。

（他要殺了我!?）

孌娘子不敢置信眼前的朱猗豹舉刀要殺了自己，怔然呆站原地。朱猗豹此時已逼近至孌娘子眼前了。

「危險！」

這一聲讓她回過神來，有人突然抱著她的身軀一倒。朱猗豹揮落的刀砍過孌娘子前一刻還站著的空間。

（是誰……？）

朱猗豹憎恨地叫出壓在孌娘子身上那人的名字。

「雪鳴！你這混帳！」

不知何處衝出來的雪鳴，救了朱猗豹刀口下的孌娘子。

雪鳴悠然起身，庇護孌娘子般擋在朱猗豹面前。

「無禮凶賊。」

他涼涼說道。

「猗豹！怎麼了？」

孌娘子從雪鳴背後叫著，但朱猗豹聽不進去，「嘿」地露出殘忍輕薄的笑容，重新架刀說道：

「來得正好，雪鳴，我把你跟這妖魔一起殺了。」

（妖魔……？）

孌娘子腦中產生疑惑。雪鳴彷彿要打斷她的疑惑，馬上說道：

「孌娘子大人，朱猗豹好像發狂了，請您逃吧。」

「你以為逃得了嗎？」

紅了眼的朱猗豹逐步逼近。

雪鳴將孌娘子護在身後後退，卻馬上抵到了涼亭的柱子。

兩人已經落在朱猗豹的攻擊範圍內。雪鳴雖然颯爽現身，在千鈞一髮之際救了孌娘子，但手無寸鐵的他，理應沒有辦法再擊退凶猛的劍鬼朱猗豹。

那他的臉上笑得遊刃有餘又是為何？

朱猗豹認為雪鳴的餘裕是虛張聲勢，他凶暴地扭曲了嘴角。隨即，握著太刀的雙臂勃發出強力內勁，他激烈放聲大吼：

「死吧！」

伴隨著猛烈殺氣，朱猗豹高舉起刀。

紅光一閃！被砍斷的首級高高飛空，血花如虹奔騰噴出，不斷敲響著涼亭屋頂的內側。刺鼻的腥味向四周飄散，理應優雅的庭園在這一瞬間變成了不忍卒睹的景觀。

但被斷頭的不是雪鳴，也不是孌娘子。

兩人的頭還好端端地在身上，嚇得表情都僵住了。

兩人眼前，沒了頭的朱猗豹身軀維持著舉刀姿勢，僵硬在地，血液如噴泉般從脖子的斷面噴出。

斬首朱猗豹的是誰？

不可能是身無寸鐵的雪鳴，他總是不失冷靜的纖細眉眼正驚愕瞠著；更不可能是孌娘子了。

朱猗豹的身軀彷彿終於意識到自己已經死了，緩緩倒地。倒臥的魁梧身軀背後有個短小人影。

那人姿勢看起來像是蹲著，雙手握著如新月般彎曲的短刀。砍斷朱猗豹頭的，正是這個人、這對凶器。

「嘿……嘿嘿嘿……嘿嘿……」

這個矮子露出愚鈍的笑，抬起醜陋的臉。

「猴爪……」

孌娘子驚懼地叫出這個人的名字。

「孌、孌娘子大人……您、您沒有受傷吧……？」

猴爪口齒不清地問道。

臉色慘白的孌娘子直點著頭。猴爪以混濁散漫的目光打量了她後，滿足地瞇起眼說道：

「弄、弄髒這裡了……我、我會收拾的……嘿嘿……」

猴爪撿起朱猗豹的頭，扛起他的身體，然後顛顛晃晃歪著步子朝樓內走去。

猴爪一度回頭，閃爍異樣光芒的瞳孔看向的，是雪鳴。

令人顫慄的嫉妒與憎惡在瞳孔深處燃燒著。

猴爪的嘴巴，無聲地一張一合。

雪鳴看清，臉上微微掠過動搖之色。

——ㄌㄩˋㄝ　ㄈㄥ　ㄑㄧˋㄝ　ㄔˊㄣ。

猴爪的唇，是這樣動的。

露出蛤蟆般的竊笑後，猴爪的身影消失在了八仙樓內。

十

來到刑亥屋子拜訪的凜雪鴉一臉不悅。

「還說妳走了步壞棋，結果我也沒有資格說別人。」

看見那張反常的愁容，刑亥不禁訝異。

「怎麼說？不是收拾了朱猗豹嗎？話說你是怎麼做的？」

「我用了這個。」

他拿出先前那支煙管。

「這煙管能讓人把一個人看成另外一個人。我讓朱猗豹把我看成是妳，引誘到八仙樓，再讓他把孌娘子看成妳，而襲擊了孌娘子。就在這時，我會颯爽登場，拯救孌娘子，孌娘子便會更加信賴我，反而把猗豹趕出八仙樓……這本來是個一石二鳥的計畫……愈說愈覺愚蠢得可恥……」

「哪裡出了錯嗎？」

「途中猴爪插手，殺了猗豹。」

「殺了那個朱猗豹？」

刑亥臉上露出些許訝異。

「是啊。猴爪這個人——果然是個難以測度的強者。觀他殺死朱猗豹的身手……這個男人，難不成是……」

凜雪鴉斷了話，手抵著細長的下顎沉思起來。

對於凜雪鴉沒完沒了的思考，刑亥焦躁地開口：

「但朱猗豹死了吧？這不代表一切都很順利嗎？」

「本來沒打算殺他的。」

「原來掠風竊塵是個不殺生的義賊嗎？」

刑亥調侃道。

「不。若有必要還是得殺生，可我無法接受沒有預計殺人的計畫裡卻有人死了。因為沒能按照計畫來，所以這個策略失敗了。」

「哈哈哈！聽了真高興。不過，這樣不也很好嗎？以結果來說，朱猗豹不在了，孌娘子對你的寵愛也更深了吧？」

「嗯……是吧。」

對比不大開心的凜雪鴉，刑亥心情相當好。

在對付朱猗豹時，兩人分別之際凜雪鴉所說的「我走了，在妳的屋子裡再見吧」奇妙地留在她腦海裡，讓她不自覺萌生出對凜雪鴉來訪的盼望。

「對了，說到殺生……」

凜雪鴉突然轉了話鋒。

「讓孌娘子保持長生不老的靈藥，不用幼兒的生肝就真的沒辦法做嗎？」

「為何問這個？」

「覺得有點可憐啊……不能用老人或死人的肝嗎？」

「不行。」

「為何？」

刑亥一時沉默。

「……這可是我們妖魔的奧祕哦？」

「所以不能告訴我嗎？」

凜雪鴉投來哀求的眼神。

（這傢伙，居然還有這種表情啊。）

刑亥覺得有點有趣，笑了出來。

「好吧，就特別告訴你。」

會答應他，大概是刑亥難得的好心情讓她也多話起來了。她有些得意地開始解釋。

「人類要長生不老，就得藉著寄宿在生肝裡年輕有活力的魂魄，所以必須是幼兒的生肝，死者與老人的魂魄都是要被帶往冥府的，用了反而有反效果。」

「哦哦……原來如此。」

凜雪鴉理解地點點頭。

「但每半個月就要奪走一條幼兒的性命，代價不會太大嗎？不能停止服藥……或是延長成每個月、每年一次嗎？」

「靈藥的效果最多就半個月。這之間雖然不會變老，但藥效一過，便會產生相應於服藥期間的老化，這可不是變娘子所樂見的。」

「嗯——所以不得不這樣啊……對了，我可不只是因為覺得幼兒可憐才說的。而是想到我得到變娘子後還要繼續捕捉幼兒，有點太麻煩了。」

刑亥掩嘴發出清脆的高笑。

「哈哈哈！這等你攻陷了變娘子再來操心吧。你沒忘吧？失敗的話，你會被我大卸八塊哦？」

凜雪鴉愣望著刑亥的臉。

「你要把身為救命恩人的我大卸八塊？」

刑亥一聽，停止了笑。

「當、當然！顧念什麼救命之恩，是人類自己的歪理吧？你可別以為人類無聊的道理可以用在妖魔身上。」

刑亥聲色中，總感覺有點動搖。

「人類很無聊嗎？」

凜雪鴉表情格外神妙地問道。

「……」

「很有趣吧？」

凜雪鴉在刑亥回答前說道：

「不有趣的話，妳也不會跟變娘子來往這麼久，更不會出手幫我。妳說不定開始喜歡人類了，沒錯吧？」

「我……！」

她正要反駁，就被凜雪鴉打斷了。

「我可是很喜歡妳。」

「啊……!?」

——又想戲弄我嗎？

雖然這麼想，但不知為何，她並沒有以前那種氣憤情緒。

「如何，這件事了結之後，要不要跟我一起到人世走走？」

「你說什麼!?」

聽見這意外提議，刑亥瞪大雙眼。

「人類很有趣的，我想讓妳遊覽人類的世界。」

「開、開什麼玩笑！」

刑亥雖然盡力地虛張聲勢，但心裡卻動搖著。

「聽起來像玩笑嗎？」

「不是玩笑是什麼！普天之下有誰會想跟妖魔一起遊歷人世的!?再說，變娘子要怎麼辦？」

凜雪鴉「嗯——」地將目光轉向遠處，自言自語般的低喃。

「這確實是個問題呢。攻陷了變娘子後，就不能自由自在四處流浪了。不過，是嗎……原來這樣聽起來像玩笑嗎……比起躲在這種深山裡用屍體製作活人偶，我認為遊歷人世還比較健康呢……咦？」

凜雪鴉的視線突然停在刑亥背後。

是先前那個坐在椅子上的活人偶。

「一陣子沒見，看起來好像變了很多啊？」

凜雪鴉走近活人偶。

活人偶的五官、體型，與先前凜雪鴉來訪時所見相比，有了很大的不同。

「哼，有些不滿意的地方，用現有的部位稍微調整了一下。」

「哦。就算這樣，還是有很大的改變啊，跟之前幾乎完全不同了。」

凜雪鴉目不轉睛地盯著活人偶。

「你差不多該回去了。」

刑亥冷淡地說。

「怎麼了?一定得走了嗎?」

「我還有事要做。明天一定要把靈藥拿給孌娘子,現在只做到一半,若不趕緊作業,就要來不及了。」

這雖然也是理由之一,但真正的原因是方才凜雪鴉的話——一同出遊人世——擾亂了她的心。再跟凜雪鴉對話下去,她怕自己一個不小心就點頭答應了。

「是嗎,那我就回去了。」

凜雪鴉乾脆地說道:

「我想到今天也必須早點睡才行。」

「明天有事嗎?」

「明晚,孌娘子叫我去她的閨房。」

刑亥嗤笑。

「又要說一整晚的廢話嗎?」

「不。」

凜雪鴉搖頭。

「時機差不多成熟了。」

聽到這句話，刑亥胸中生出了她無法理解的痛楚。

「你要抱孌娘子嗎……？」

「這個呀……該怎麼辦呢……」

凜雪鴉曖昧說道，朝著門走去。

「總之，明天就會全部有個了結了吧……」

凜雪鴉只說了這句，就走出了房間。

十一

翌日，刑亥帶著靈藥來訪八仙樓。

如往常般，樓裡準備了酒食，盛情款待刑亥。

隔桌對坐，刑亥與孌娘子兩人歡談了一會後，孌娘子突然丟出一句話。

「吶，刑亥姊姊，妳做了不少好事吧？」

變娘子臉上笑著，眼眸卻透出銳利精光。

「什麼意思？」

「朱猗豹發狂襲擊了我；梅叔明畏懼死靈，不肯走出房間；蘭玕寶受到死屍襲擊，離開了這裡。」

變娘子說著，從椅子上站起，蘭步走到刑亥身側，楚楚可憐的面容湊近刑亥耳畔。

「是刑亥姊姊吧？」

凝視著刑亥的側臉，變娘子碧玉般的雙瞳益發刺痛起來。

（她發現了嗎……這也是當然的，畢竟做得有點誇張。）

刑亥如斯心想，但玲瓏的臉上並未露出半分動搖。

「我不知道妳在說什麼。」

她裝傻。

「刑亥姊姊……」

沉穩的聲音搔過刑亥的耳。變娘子伸手按住桌上刑亥的手。

「吶，哪裡惹妳不開心了嗎？是因為我不把刑亥姊姊想要的男人給妳嗎？我啊……不想跟妳吵架。」

「呵呵，因為這樣就拿不到靈藥了。」

「不是的！」

變娘子搖頭，聲音意外認真。

「跟靈藥無關。我就是不想跟刑亥姊姊吵架。因為……因為，妳是我唯一能敞開心房的人！」

變娘子真誠喊道。刑亥猛然看向她的臉。

「妳胡說什麼……？」

「沒有騙妳，是真的。人類的女人，不管是誰都會嫉妒、憎恨我。男人也是，只會崇拜我……能跟我對等說話的只有刑亥姊姊……只有妳了。」

變娘子說著，濕了眼眶。

變娘子這番話是真心誠意的。誘騙了許多男人、為了自身美貌不惜犧牲他人的大妖女，說出了令人意外的真心話。

變娘子雙手緊握著刑亥。

「至今為止真是抱歉，妳想要的男人全部全部都給妳。比起男人，刑亥姊姊更重要，所以都給妳。請跟我和好吧。求求妳！」

孌娘子說著，將臉貼在刑亥手上，撲簌簌地流下淚來。

刑亥啞然望著掩面而泣的孌娘子。

（人類……有趣嗎……）

刑亥想起了凜雪鴉說過的話。

（確實……或許是這樣……人類……也不差嘛……）

她恍惚地想著。

十二

當天夜裡。

不見歇止的雨開始增強，出現暴雨之勢。

強風翻騰，猛烈撼動林木。響徹溪谷的囂囂風聲，宛若數千怨靈齊聲發出雄吼。閃電劈過天際，下一刻轟然落雷聲響徹大地。偶爾可聞嘎啦嘎啦的崩落聲，是豪雨壓倒了緩坡上的樹木、崩落砂土的聲音。

相當不平靜……且不吉的一夜。

雨聲敲響八仙樓屋頂，也嘈嘈地響在孌娘子的蘭閨之內。

閨房內點著一根紅燭，將孌娘子坐在床榻上身披薄絹的純白姿態照得豔麗。

叩叩！門被敲響了。

「請進吧。」

門打開，雪鳴進入室內。

「讓您久等了嗎？」

「是啊，可讓人等好久呢。」

兩人對彼此微笑說道。

雪鳴在孌娘子身邊坐下。她馬上就將身子靠上雪鳴胸膛。

孌娘子的胸口正高聲噪動。

起初，為了攻陷始終不出手又態度冷淡的雪鳴，讓他成為自己的性奴，孌娘子想方設法，在閨房裡玩弄了許多花招。

試著用甜言蜜語誘惑、試著一絲不掛地挨近他、試著沉浸在自慰裡、有時還讓他看著自己被其他男人擁抱。

但這些攻勢都讓雪鳴一一閃躲過了。

這個男人的心難道是石頭做的？還是他不舉？

這是她一時能想到的理由。但身為色慾之道探究者的尊嚴，讓變娘子熱衷起來，她無論如何也要攻陷他。

不知何時起，變娘子察覺自己滿腦子都只想著雪鳴。

從那時起，變娘子就不再誘惑雪鳴，只是懷著純情的心，享受與雪鳴一整夜的懇談。

——這個男人，不是只會崇拜我的傀儡。而是把我當成對等的人、當作一個女人來看待。

白日裡，變娘子說她唯一能敞開心房的只有刑亥，這句話不完全是真的。雪鳴也是一個讓她敞開心房的人。

而這份心思，從他在朱猗豹刀口下救了自己之後，就轉變成細微的戀慕了。

這是向來只把男人當作性愛對象的變娘子第一次戀愛。

「那，今晚我們聊些什麼好呢？」

雪鳴說道。

「不。」

孌娘子在雪鳴懷裡搖頭。

「今晚……就今晚，求求你……讓我變成你的人吧……」

她仰望雪鳴秀麗的容顏。染著薄桃色的臉頰，彷彿少女的羞澀表情。

——就在今夜，她要將身心都獻給這個男人。

孌娘子如此下定決心。沒想到這個絕世大妖女，有這麼未經世故的純情。

至今跟無數男人發生過的房事，對孌娘子來說就跟體操差不多，她從來都不認為是奉獻出自己的身體。也就是說，如今在雪鳴面前交出全部的孌娘子，心理觀點上還是個處女，是以會覺得羞恥，覺得胸口躁動，因此才說是她的一大決心。

「不是我成為妳的人，而是妳要成為我的人，是嗎？」

雪鳴溫柔問道。孌娘子稚氣地點頭。

雪鳴無言凝望著孌娘子。

「不行嗎？」

孌娘子瞳中閃著悲傷。

「那，至少接吻……今晚至少跟我接吻……」

孌娘子哀求地說道，閉上眼，將臉湊近。

「不行。」

雪鳴抓住孌娘子的肩，將她抵開。孌娘子不禁悲從中來。

「為什麼？為什麼呢？你討厭我嗎？」

「不，沒有這回事哦。我很喜歡妳，若非如此，我也不會留在八仙樓。」

「說謊！」

孌娘子激動搖頭，淚珠飛散。

「說謊！你說謊！那你為何不抱我！連接吻都拒絕！要是喜歡我的話，為什麼態度要這麼冷淡！人家……人家這麼喜歡你……」

孌娘子埋在他懷裡哭泣。雪鳴溫柔地撫著她的頭。

「抱歉……這是有原因的。」

「什麼原因！」

孌娘子猛然抬起低垂的頭。

「請告訴我原因！求求你……求求你……！」

孌娘子懇切的渴望，讓雪鳴露出些許苦惱的表情。

「妳想知道嗎？」

「是的，請告訴我！」
「真的想聽？」
「是的，沒錯！」
「那……」
雪鳴靜靜閉上眼。
靜默了一段時間，變娘子神情認真，等著雪鳴開口。
須臾，雪鳴啟唇，然後，說出了這句話：

「因為我覺得噁心。」

一瞬間，變娘子無法理解雪鳴的話。
（噁心？剛剛這個男人說了噁心？什麼東西噁心？難道是說我嗎？）
望向雪鳴的面容，他如寒冰般面無表情。
「你剛剛……說什麼？」
「我說，我覺得噁心，妳、很、噁、心。」

孌娘子身子細細顫抖起來。痙攣的唇齒勉強擠出聲音。

「你、你剛剛才說喜、喜歡我的……」

「是啊，我是這麼說的，作為一件美麗的寶物，我確實喜歡……」

孌娘子覺得莫名，目不轉睛盯著雪鳴的臉。

「不懂嗎？那我來舉個例。假設有條七彩的美麗毒蛇，就算妳因為喜歡那條美麗的蛇而願意飼養牠，但妳願意抱牠、跟牠接吻嗎？辦不到吧，因為既危險又噁心。」

雪鳴說話的口吻，甚至有種溫柔。

「我、我哪裡噁心了……」

「飲用幼兒生肝煎出的靈藥，違逆自然天理來維持美貌的妳，既邪惡又噁心，就算可以喜愛，擁抱什麼的還是太不舒服了，我實在做不到。」

孌娘子臉色一片蒼白。

「為、為何你知道我喝了幼兒生肝的靈藥……」

整座八仙樓裡知道這件事的，應該只有負責擒抓幼兒的猴爪而已。

「很簡單，從妳的朋友——刑亥那裡聽來的。」

「刑、刑亥……!?」

變娘子瞪大了眼。但雪鳴沒有讓她追問的意思，繼續說道：

「話說回來，我雖然說喜歡妳，但跟方才蛇的例子不同，我並非只是迷戀妳的美麗。」

「不、不然是……？」

雪鳴臉上浮現妖狐般的殘忍笑容。

「妳問我迷戀妳什麼？那就是深信世上無人不為自己傾倒的這份信心。被奉為東離第一美人，認為沒有男人不拜倒在自己的美貌之下，這份驕傲與絕對的自信，就是我所迷戀的。我想摧折一下妳這份自信，讓妳知道就算妳使盡手段，仍有男人能不為所動。」

「你為何這麼殘忍……！」

「殘忍？呵呵，妳說為什麼呢？」

面前這個微笑的男人，映在變娘子眼裡，就像一個無法捉摸的妖怪所化。

「見到被妳奪走未婚夫的女孩終日以淚洗面，俠義心腸的我，決定替她報仇——這個理由如何？」

雪鳴玩笑地說。

「別、別開玩笑了！」

「抱歉，我說笑的。我凜雪鴉——已經厭倦盜取財寶了。」

「凜、凜雪鴉!?『掠風竊塵』凜雪鴉!?」

突然聽到這個響徹江湖的妖盜之名，孌娘子愕然。

「咦？我沒說過嗎？這才是我的真名。掠風竊塵所盜之物並非財物，而是人的傲心，稀世豪傑、妖人、怪人、策士、梟雄……這些尋常手段對付不了的傢伙，用奇策挫敗他們的傲心、信念與自信，我向來對這些事樂此不疲呢。所以才說，妳是我絕佳的獵物——也就是財寶。」

「這、這、這、這、這……！」

孌娘子感到恐懼，退了幾步。

就在她的背抵上了房間牆壁時。

——啪。

裂開的聲音響起。下一刻，孌娘子感到臉上刺痛，掩著臉蹲下。

「哎呀，差不多該生效了吧。」

凜雪鴉聲嗓一貫悠然。

「什、什麼……？」

孌娘子的掌心摸到自己臉上肌膚龜裂開來的觸感。

「今早刑亥帶來讓妳服用的靈藥裡，摻入了死去朱猗豹的肝，是我事先混入煎靈藥的窯裡的。妳知道嗎？以幼兒生肝做成的長生不老藥，如果用了死人的肝，聽說會有反效果。」

「反、反效果？你、你為什麼知道這種事……？咿呀！」

更劇烈的刺痛蔓延全身，孌娘子疼得在地上打滾。

凜雪鴉冷冷睨著她說道：

「這也是刑亥告訴我的。」

「刑亥……？咿呀！咿呀呀！」

身受劇烈痛苦折磨，孌娘子心中錯雜著各種念頭。

（刑亥？刑亥？是刑亥告訴掠風竊塵的？那個女人背叛了我！？我那麼相信她！她竟然背叛我！？那個女人！那個女人！）

黑壓壓的怨念猛地湧上孌娘子心頭。

「這樣一來，妳就會回復到原本的面貌——順應自然天理的面貌了。但是這樣的妳，我已經沒有興趣，我要離開八仙樓了。」

說完，凜雪鴉拋下受到痛苦折磨的孌娘子，悠然步出房門。

聽見關門聲，孌娘子抬起因憎惡而扭曲的臉。

「混、混帳……」

孌娘子的憤怒超越了痛苦，她蹣跚地站起來。

「混、混、混帳！可惡的凜雪鴉！可惡的刑亥！我要殺了你們！我要殺了你們！」

她尖叫出聲。

「來人！來人啊！去追凜雪鴉……去追雪鳴！去殺了雪鳴跟刑亥！」

聽見擾人清夢的尖叫，八仙樓裡的美男子們都一齊從被窩跳了起來。

還不知道來龍去脈，他們就匆匆趕到崇拜的孌娘子閨房門前。

「發、發生什麼事了嗎！」

「怎麼了嗎？孌娘子大人！」

「孌娘子大人！孌娘子大人！您沒事吧！」

在聚成一團的男人們面前，閨房的門咿地打開了。

門內，走出一個腳步踉蹌的人——看見這幕的男人，都發出了近乎悲鳴的聲音。

「噫！噫噫！」

眼前出現一個只纏著一條薄絹、跟裸猿一樣乾癟的人。

一頭亂蓬蓬的白髮、枯枝般的手腳、滿布皺紋的皮膚上有著茶色斑塊，透過薄絹，可見乳房如乾芋般搖搖晃晃垂掛著。

一個看不出年齡的醜怪老婆婆，從變娘子的閨房裡走出。

老婆婆那張布袋般的嘴巴張合著。

「我要殺了雪嗚！殺了刑亥！」

她用沙啞的聲音放聲大叫。

「這、這個骯髒的婆子是什麼人啊……！」

「妳什麼時候混進來的？真是醜死了！」

「真礙眼！把她趕出去！」

又有誰知道，現在被美男子們一頓痛罵的醜陋妖婆，正是他們所崇拜的變娘子本人。喝下了混有朱猗豹死肝靈藥的變娘子，身上產生了俗稱的反效果——也就是急速的老化現象。

就在其中一名美男子正打算將年老色衰的變娘子攆出去時——

「變、變、變娘子大人……噢噢……變娘子大人……」

同伴身後，傳出了抽抽噎噎的哭泣聲。

眾人一齊回頭，一個矮小如蛤蟆的男人，抽著鼻子啜泣。正是猴爪。

猴爪啪嗒啪嗒地走到容貌大變的變娘子身邊跪倒。

「可、可憐的……變、變娘子大人……竟、竟然變成這樣……我、我認得出來哦……不、不管妳變成什麼模樣……我猴爪絕對……」

聽到猴爪這番話，美男子們騷動起來。

「你說變娘子大人？」

「她是變娘子大人？」

「這麼一說，長相確實……」

男人們終於發現眼前的妖婆就是變娘子。

但他們心中並沒有湧上以前那種讚美崇拜的念頭，而是彷彿從一場妖夢中大夢初醒般恍惚惚。

「殺了雪鳴！殺了刑亥！是他們把我弄成這樣的！去燒了刑亥的屋子！去殺死雪鳴！」

變娘子心神錯亂地呼喊著。

但沒人動作，眾人只是面面相覷，加諸在他們身上的變娘子美貌的魔法，早在看見這副老醜之態後就解開了。

這時，一個美男子身上猛然噴出血花，然後倒下。

所有人嚇得後退。

倒地的男人身邊，是手裡握著彎曲怪異短刀的猴爪。

那張醜陋的臉，因為激動的憤怒又更醜了幾分。

「猴、猴爪……你、你做什麼……」

「……快去。」

猴爪憤怒得咬牙切齒，打斷了美男子們困惑的聲音。

「……快、快去。這、這是變娘子大人的命令。去、去燒了刑亥的屋子……」

「但、但是……刑亥的屋子在哪裡……」

才一開口，此人的頭就離身飛起。在場眾人誰也沒能看清，這神速的一刀乃是出自猴爪之手。

「不、不想死的話，就去。我、我知道刑亥的屋、屋子在哪……帶、帶上火、火跟所、所有的油……」

已經沒人能回應他渾濁的嗓音，男人們都被恐懼所驅策，一齊衝了出去。

留在原地的，只剩變娘子與猴爪。變娘子仍反覆吼著方才那些話，早失去了理智。

猴爪心痛地看著眼前的變娘子說道：

「不、不可原諒……雪、雪鳴——掠風竊塵，就、就由我來收拾……」

十三

此時，刑亥在屋裡面對著活人偶。

她正在幫活人偶替換上新的手臂。

「痛！痛！刑亥大人，很痛——！」

這項以針線進行的作業，好像替活人偶帶來了難受的疼痛，擁有暫時靈魂的活人偶發出了擾人的悲鳴。

「忍著點，很快就好了。」

「騙、騙人，從剛剛開始就切了又縫、縫了又切好幾次……痛、好痛！」

「吵死了！」

刑亥大聲一喝，讓活人偶默了聲。但實際上，刑亥的作業遲遲沒有進展，幾度失手，讓她只好不斷重來。

她的思緒如今被強烈的茫然所占據，無法專注手上的作業。

（跟凜雪鴉一起遊歷人世……）

凜雪鴉昨晚說過的話，仍殘留在刑亥心中。

窮暮之戰後，自己究竟在這座山裡隱居了多久？戰後那股想顛覆人界的熱情，最近也逐漸消淡了。更何況，跟孌娘子長時間來往、與凜雪鴉短暫交流，都讓她開始覺得人類其實也不錯。

妖魔擁有永恆的生命。一想到接下來的漫漫歲月要無止盡地待在孤獨的山中別墅裡，她也覺得有點沒勁。

凜雪鴉的邀請，給了刑亥一個甜美的夢想。

（但是……）

考慮到必須繼續替孌娘子製作靈藥，她就無法離開此地。尤其回想起白天孌娘子意外表現出的親愛之情，她又更走不開了。

無論服下多少靈藥，人類仍不可能無限地活下去，頂多數百年。在那之前，她必須一直照看著孌娘子。而在那之後，凜雪鴉也早已壽終正寢了吧。

刑亥心亂如麻。

「好痛！」

活人偶又叫了一聲。

「閉嘴！」

她有點歇斯底里地斥責。

（對了，還有這個人偶。做到這個地步的人偶，也不能半途而廢……）

她身為死靈術師的職人意識，讓她無法丟下未完成的人偶離開。

（至少等完成了這傢伙後……）

雖說如此，但這個人偶越看越覺得不完整。本來覺得將近完成了，但最近不知道有什麼心境變化，反而讓她覺得離自己的理想狀態越來越遠。

（可惡。眼睛也不行，輪廓也不滿意。頭髮也不是這個顏色。眼睛應該更細長……臉更瘦長一點……髮色，要白雪般的銀色……）

這時，刑亥猛然一驚。

（我到底想做出什麼……!?）

她臉色愕然，近似恐懼般的情緒湧上心頭。

「我、我到底是想做出什麼!?」

這回她說出口了。

她暈眩地按著額頭，顛晃後退了數步。

細長的眼、細緻的輪廓、銀色的髮……這就是刑亥想打造的，最理想的活人偶。

「這、這是我理想的樣子!?這、這看起來根本就是……」

刑亥叫出聲來。

——凜雪鴉。

「根本就是那個男人不是嗎!?我、我居然把那個男人當理想的模樣……來製作!?」

就在此時。

一股強烈意念天外飛來，如電流般擊中刑亥腦髓。

「什麼？」

刑亥愣住。

她突然收到的意念，是潛伏在屋子四周監視的亡者們所傳遞的。是一種訴說著危險與痛苦的意念。

刑亥閉眼誦唸。

她施法，試圖將亡者所見到的景色在腦海中映照出來。

——是一片火紅光景。

「這……!?」

透過亡者眼睛所看到的景象，是被熊熊大火所包圍的樹林。

騰騰火焰燒毀了樹齡數百年的巨木，黑壓壓的煙將夜天焚得焦黑。豪雨雖然下得毫無停歇之勢，但火勢更強更大，強風看起來反而助長了火焰蔓延。

她看見潛伏於屋子周邊戒護的亡者們，就像火盆上的烤魷魚乾，在大火裡悶燒。接著，踐踏炭化的亡者們，陸續朝著屋子走來的，是拎著佩刀、握著火把的一群男人。

「八仙樓的美男子們……!?是他們放的火？為、為什麼？」

細微的焦臭味竄進刑亥鼻腔，火勢逐漸逼近這間屋子。

刑亥抽出她慣用的鞭子弔命棘，趕到屋外去。

一出屋外，就有一物掠過刑亥身側而來。

是火矢。

一看，有幾個男人背對著熊熊燃燒的樹林，將火矢瞄準屋子，拉緊了弓。一看見刑亥從門裡出來，箭頭就動搖了。

「出來了！是刑亥！」

「快看！她有角！」

「是妖魔！泣宵妖女原來就是刑亥！」

男人們吼著，慌張後退。

「你們這群混帳！為何踐踏此地？」

刑亥滿面怒容地吼著。面對來勢洶洶的妖魔，男人們都嚇得後退，其中有個比較勇敢的，叫了回去。

「這是孌娘子大人的命令！孌娘子大人叫我們燒光刑亥的屋子！」

「什麼？孌娘子……？為何？」

孌娘子白天明明還表現出那種親愛之情，怎麼就突然變卦了？

（是為了報復我陷害個人房的三人嗎？但是……）

一個眼尖男人看出刑亥的困惑表情，喊出了聲。

「別怕！就算對手是妖魔，但我們人數眾多！攻擊、攻擊！把妖魔的巢穴燒個精光！」

號令一下，火矢齊齊放出。

「可惡！」

刑亥揮鞭擊落如雨點般飛來的火矢。

但就算她擊落了飛向自己的火矢，卻無法擊落飛向屋子的。火矢穿破牆壁、屋頂、門窗射向屋內，火苗漸漸蔓延。

「混帳！」

刑亥的鞭子騰起。只見空中飛來的鞭纏住了一個美男子的頸，隨後一股強烈力道抓起他的身體，拋飛。周圍數人發出「嗚哇」的悲鳴，他們臉上都被猛烈的鞭勁擊中，轉眼就昏倒了。

灌入妖力、伸縮自如的弔命棘，猶如翱翔天空的小龍，穿梭在男人們之間，不斷來回又打、又纏、又拋。

但這番活躍只是暫時的。

到底是敵眾我寡。勇猛的男人們拔劍殺到使鞭的刑亥面前，她只好馬上轉攻為守。

在她擊退來襲的男人們時，火矢仍繼續射入屋中。

刑亥一瞥背後的屋子，已經被火勢完全包圍，火舌從窗戶竄出。

「我、我的屋子……！」

住了上百年的屋子正燃燒著，不只家財工具，她豐富的魔法藏書、蒐集的魔法道具、長年累月來製作出的諸多仙藥等寶貴物品，都被火焰吞噬，化作餘燼。

刑亥一時發愣，火矢、白刃毫不留情朝她飛襲而來。

「呿！」

刑亥咂舌，揮鞭擊退他們。她已經改變了心意。

（可惡！別管屋子了，保命重要，先逃離這裡才是上策！）

刑亥目光銳利，盯著男人們的方向疾驅而去。

她鞭擊神速，打倒擋路的男人們，漸漸擊潰他們包圍的防線。

面對刑亥直搗黃龍揮鞭猛攻，男人們都亂了陣腳。

一旦被她闖入陣中，就無法使用火矢攻擊，揮刀也可能傷到同伴。

這群男人裡對自己身手有信心的本就沒幾個。

如今，他們身上變娘子美貌的魔法已經解開，更沒有理由與膽量賭上性命跟刑亥一戰。

所以一旦被刑亥接近，他們自然就想逃跑了。

人群中，刑亥揮舞鞭子，向前突破。

突然，她聽見了後方傳來的微弱聲音，混雜在男人們的悲鳴與怒號中。

——……刑亥大人……刑亥大人……

她回頭看了一眼屋子，在吐出火舌的窗邊看見了全身著火的活人偶，眼神看來有點寂寞。

——刑亥大人……您要去哪裡……？什麼時候回來呢？不要、不要……丟下我離開……刑亥大人……

刑亥斷然將視線移開。

不久後，她聽見屋子崩毀的聲音傳來。

凜雪鴉在滂沱大雨中趕下山。

他早已注意到，身後有股難以名狀的殺氣逼迫而來。

「果然不會輕易讓我逃掉啊，再來該怎辦好呢？」

他嘴上雖說得從容，但滴垂在白皙臉頰上的，卻未必只有雨滴。

暗中的追蹤者正以飛快的速度接近。他宛如受到猛虎追趕。對方在山裡奔跑的速度，明顯在他之上，被追上只是時間的問題了。

凜雪鴉停下腳步。認清自己甩不掉對方後，做出覺悟。

他凝然而立，注視著幽暗的雨中。須臾，兩點鬼火般的燦燦目光浮現出來。

「掠……風……竊……塵……」

目光的主人萬般怨念地出聲，宛如野獸低吼。

一道矮小人影啪嗒啪嗒地踩出水聲，由黑暗中走出。

雙手握著怪異短劍，爬行般的前屈身姿。這男人正是猴爪。一股連滂沱大雨都足以蒸發的強烈內勁，正從他短小的體內騰騰漲起、溢出。

「妖賊『耀闇賽凶星』。」

凜雪鴉說道：

「這是你的名號吧？我從你殺害朱猗豹的手法，還有那對奇怪的短劍看出來的。身習嵬嶽派武術，精通劍術、暗器，卻因為生性過於殘忍而被逐出師門，之後淪落為盜賊，行事風格殘虐無比。被你闖入的人家，不分男女老幼，都逃不過你的虐殺，葬身血海。所以見過你容貌的人，無一倖免……」

猴爪默然聽著凜雪鴉的話。

「謠傳你已經死了，沒想到是受變娘子美色所惑，來到了這裡啊。」

「掠、掠風竊塵……我、我曾經見過你一次……」

猴爪的大眼骨碌一轉。

「是那個時候嗎？」

凜雪鴉回應道：

「是我打算欺騙、陷害某個富商的那次吧？用盡了各種手段，就在我以為手到擒來之際，前去商家拜訪，卻發現商人、他的家人以及僕人全都成了一具具悽慘的屍體。就是被你巧妙地從中篡奪了——原來，你就是那時從某處偷看著我啊……」

猴爪露出混雜著恚怒與後悔的表情。

「你、你出現在八仙樓時……就、就應該馬上殺了你的……我、我不能原諒沒有這麼做的自己……要、要是殺了你，變、變娘子大人就不會變成那樣……」

「哦，看到變娘子那樣，你沒有變心嗎？」

「別、別把我跟其他男人相提並論！」

猴爪激動。

「我、我才不是喜歡變娘子大人的外表！是、是喜歡她的心！不、不管她變成怎樣，我都不會變心！」

「嗯，窮凶極惡的盜賊被絕代惡女的心所吸引，也是挺有道理的吧？」

「你、你說惡女……」

聽見自己所崇拜的變娘子被侮辱，猴爪全身顫顫發起抖。

「廢、廢話少說……我、我絕對不能原諒你。我要斬下你的首級，送、送給變娘子大人！」

猴爪身上所散發的濃厚內勁，突然膨脹起來。

小小的身體，看起來大了一倍。

凜雪鴉才擺出迎戰姿態，就見猴爪腳邊的水花一濺，以爬地般的奇怪動作，瞬間拉近到凜雪鴉身前數丈處。

從地面上飛躍起的刀風，直逼凜雪鴉的喉管。凜雪鴉身子迅速一仰，危險的斬刀掠過他的瀏海。幾根銀髮飄然散落空中，凜雪鴉朝後一跳，打算拉開距離。

然而，猴爪輕功驚人，那張醜陋的面容，緊貼在凜雪鴉面前。他在空中轉身，彷彿化身凶刃，一刀襲向凜雪鴉。凜雪鴉藍衣一翻，以毫釐之差躲過，接著一個發光物在夜風中發出聲響，朝著他額心而來。

——是飛鏢。

猴爪袖裡射出飛鏢，此乃嵬嶽派暗器怪技。

一聲「鏘」的冰涼金屬聲響彈開飛來鏢器。是凜雪鴉的煙管。

猴爪出鏢飛速，連綿不絕。不知道這些暗器到底藏在他瘦小身體的哪裡，大量飛鏢紛紛朝凜雪鴉掃射而去，宛如一場流星雨。

凜雪鴉雖以一支煙管擋下了所有飛鏢，但他的身子也逐漸後退，看得出他漸漸被逼到了絕路。

猴爪一扯嘴角。

「掠、掠風竊塵……！就只有逃跑厲害！」

語畢，猴爪周身被濃厚劍氣輝映出一片灼然的紅。

耀闇賽凶星——閃耀於黑暗中的身影宛如凶星，猴爪化作一團火球，跟著射出的飛鏢一起朝凜雪鴉疾驅而去。

只憑一支煙管防身的凜雪鴉，不可能躲得過猴爪接下來的這一擊。確信能殺死凜雪鴉的猴爪，從參差不齊的齒間吼出即將屠殺這個可恨男人的招式。

「嵬嶽劍抄・雙星赫月！」

形如新月的一對短劍透著火紅劍氣，他咆嘯一吼，醞釀出非比尋常的猛勁，攻向凜雪鴉。猴爪已經開始想像凜雪鴉血花四濺、身首異處的模樣。這也無可厚非，手無寸鐵的凜雪鴉，不可能守得下猴爪的必殺劍。然而……！

猴爪看見，凜雪鴉臉上閃過涼風般的微笑。

（什麼……!?）

正疑惑，凜雪鴉的身影剎那化作一陣銀風疾走，疾風閃過猴爪的刀鋒，劃過他的右腹。

下一刻，猴爪的腹側血如泉湧。

傾盆血雨中，猴爪驚愕地瞪大瞳孔，轉過頭。

身後，是凜雪鴉橫劍防禦的姿態，劍光閃耀在夜色裡。

「什……什麼……？劍……劍……？哪裡來的？」

猴爪從喉嚨深處同時嘔出鮮血與疑問。

「啊，這個啊。」

凜雪鴉甩落劍上鮮血。

眨眼間，劍身縮小，變回了拿在手上的煙管。

「這支煙管，還有這種用途喔。」

「混……混……混帳……掠風竊塵……！」

儘管側腹不斷噴出鮮紅，猴爪仍擠出最後一絲氣力，想走向凜雪鴉。但這也只是強弩之末。

「混……帳……」

一說完，他就「咚」地倒在泥濘地上。

汩汩血泊從猴爪短小的身軀向四周擴散開來。

這場迅速的決鬥，從戰鬥開始至今沒費多少時間，甚至短得不夠盡興。

但猴爪周身散發的強烈氣勁，其餘韻仍刺激著凜雪鴉純白的肌膚。在短短一瞬的激鬥中，凜雪鴉已經充分感受到猴爪這個男人恐怖的實力。

「真可惜啊，耀闇賽凶星……竟然讓我拔出原本沒打算使用的劍，讓我違背意願殺生……你若沒有誤入歧途，也是一個名號響亮的劍客了吧……」

凜雪鴉有些憐憫地說道，雙手合掌。

「凜雪鴉！」

這時，背後傳來聲音。

他回頭一看，是淋成了落湯雞的刑亥。

「哎呀，刑亥。」

凜雪鴉慢條斯理地抬起手，刑亥一跑到他身邊，就趕時間般一個勁地說道：

「八仙樓的男人們放火燒了我的屋子，說是孌娘子的命令。真是莫名其妙！到底發生了什麼事？」

「是嗎，孌娘子做得這麼絕啊。」

凜雪鴉口吻悠哉得讓人心急。

「你這傢伙，幹了什麼好事？」

「哪有，我只是覺得用靈藥永保青春的孌娘子違反了自然天理，所以在妳的靈藥裡面摻了朱猗豹的肝而已。變回了相應年齡的孌娘子勃然大怒，所以我不小心說出妳的名字了。看來孌娘子這女人惱羞成怒了吧。」

「你……!?你說什麼!?」

刑亥愕然張大了嘴，盯著凜雪鴉。

不過，她隨即露出釋懷的表情，嘆了口氣說道：

「算了。」

刑亥臉上竟有幾分釋然。

凜雪鴉訝異地問：

「怎麼了，我以為妳會生氣呢？」

「我確實生氣！你這傢伙，我要你負起責任！」

「責任？」

「屋子被燒，我已經無處可去了。也沒辦法繼續跟孌娘子交易。雖然可恨，但我接受你的邀請。」

「邀請……?是指什麼呢?」

凜雪鴉歪了頭。

「就是跟你一起前往人世。雖然不是我所願，但眼下也別無他法了。」

刑亥雖然裝得不情不願，內心卻相當興奮。

她已經毫無後顧之憂了。一想到跟這個男人遊歷廣大世界的日子，內心就不可思議地雀躍起來。

然而凜雪鴉的表情，卻像是聽不懂自己正在說些什麼。

他作勢思考了一會之後——

「啊啊——那個啊。」

說完，他又接著說了這句：

「那是開玩笑的。」

「啊?」

刑亥啞然。

「開……玩笑?」

「咦？真奇怪。」

凜雪鴉表情訝異。

「妳自己不是也說我在開玩笑嗎？」

「我、我是說過……」

「沒錯，就像妳說的，那是玩笑話。妳也說過吧，普天之下有誰會想跟妖魔一起遊歷人世？這句話同樣沒錯，我一點也沒有想跟妖魔同行遊歷的意思。我的謊言竟然一下子就被妳看穿了，我掠風竊塵還在反省自己的火候遠遠不足呢……難道，妳當真了？」

刑亥神情愕然，啞口無言。

「不過，有句話是真的，就是我說我喜歡妳這句。遇見妳，可是得到了比戲弄孌娘子更有價值的獵物。要是能讓滿口說著人類無趣的冷酷妖魔愛上我，一定很痛快，不知道我的計策是否成功了呢……」

凜雪鴉微微一笑。

（謊言……？他……是在說謊？）

刑亥失神地盯著凜雪鴉半晌。

（他在戲弄我？什麼時候開始的？從說想抱我的時候？從說我可愛的時候？）

麻痺的思考慢慢、慢慢地運轉起來。

要說從什麼時候開始，恐怕是初遇的那次起吧。

所以，跟這個男人共度的時間全都是假的？

他說是假的，那一切就都是假的；他對自己所說的話與態度，也全都是假的。

若說全部都是假的，那自己因為這男人的話而在心中產生的動搖與雀躍，也會變成假的嗎？只憑「玩笑」二字就能抹除嗎？

刑亥心中最先感受到的，是失落感。而失落深處湧出了冷颼颼的悲傷，接著變成刺穿心扉的痛楚，痛楚又開始帶有恥辱的熘熱。從起初的微熱，漸漸、漸漸增加熱度，成了連鐵都能熔化的灼熱——最後變成怒不可遏的憤恨業火。

「……我要殺了你……」

刑亥吐出陰森中帶著萬般怨念的聲音。

她狠狠瞪著凜雪鴉的憎惡目光，宛如窺探著焦熱地獄的入口。刑亥瞳中閃耀著強烈憤怒，彷彿想用目光就瞪殺眼前男人。

「真嚇人，別這樣瞪我。」

凜雪鴉的淡然聲嗓，成了最後一根稻草。

「我殺了你！」

悶在心中的強烈情緒，終於潰堤奔騰而出。承載了她憤怒的弔命棘猛然竄出。

此時，兩人之間升起一道火焰障壁。

「什麼？」

凜雪鴉使出了煙管上的魔法。過去曾經從朱猗豹的凶猛攻擊中救出刑亥的火焰障壁，如今熊熊燃起，阻隔了刑亥與凜雪鴉。

「可惡！混帳！」

她憤怒地朝著火焰甩鞭，卻只是打空。

「見妳這麼生氣，看來我的計策是成功了。」

炎壁對面，悠悠傳來凜雪鴉令人惱怒的嗓音。

刑亥接二連三揮鞭擊向焰壁對側。

但不管她怎麼揮鞭，感覺都沒打中凜雪鴉。

「我已經心滿意足，沒有留在此地的必要了。」

「可惡！可惡！」

仍不斷揮著鞭子的刑亥，目的已經不是擊中凜雪鴉了，只是歇斯底里地為了發洩心中源源不絕的怒氣與殺意。

凜雪鴉可憎的聲音繼續說道：

「所以，我要走了。若我們都還活著，應該後會有期吧，屆時要再請妳貢獻出死靈術為我所用了。那麼，再會。」

「等等！別跑！」

她叫道，但凜雪鴉已經不再回應。

被火焰阻擋視線、看不見身影的凜雪鴉，感覺已經走遠了，刑亥憎恨得咬牙切齒，下定決心。

（混帳……混帳……混帳……凜雪鴉……可惡的人類！我要殺了凜雪鴉。我要消滅這個禽獸。混帳、混帳、混帳、混帳、混帳……！）

無情的雨澆灌在佇立原地的刑亥頭頂上。

但冰冷的雨也無法澆熄刑亥心中濃黑的怨念業火。

此後，失去了棲息地的刑亥，移居夜魔叢林，由於對人類的憎念，繼續鑽研復活魔神滅亡人類的大計，終得付諸實行，此乃後話……

燒盡了刑亥屋子的烈火，受到強風助長，擴散到整座山，火勢逐漸逼近八仙樓。

八仙樓內，成了一個悲慘妖婆的孌娘子，走過一間間廂房。

「……有人嗎……？有人在嗎……？」

她放聲大喊，但闃靜的樓內無人回應。

八仙樓的男人們出去火攻刑亥的房子後，就不再回來。

眾人都害怕火勢，開始下山了。連關在房裡的梅叔明也都看見窗外的山林大火，早就逃了出去。

就算沒有這場火，他們也不可能回到如今的孌娘子身邊吧。

「……男人……男人們都去哪了？抱我……取悅我啊……」

叫喚著，蹣跚徘徊在樓內的孌娘子內心已經完全崩壞。

在鏡中所見的老醜、對雪鳴與刑亥的強烈憤怒、男人們的無情唾罵，已經將孌娘子的理智打擊得潰不成形。

唯一殘留的，只有與生俱來的淫亂天性。她繼續徒勞喊著，渴求男人來滿足自己的慾望。

「……朱猗豹——！蘭玕寶——！梅叔明——！在哪？在哪？快來我的房間……取悅我

「……吶、吶，你們躲去哪裡了……」

她的叫聲都成了冷冷回音。

「喂！喂！你們出來啊——！」

「變……變娘子大人……」

突然有個聲音叫她。

「哎呀，是誰？」

變娘子的老臉上露出滿滿淫色，回頭一看，表情登時轉為失望。

一個蛤蟆般的醜陋男人蹲在那裡。是猴爪。

猴爪以手按著自己的腹部，表情痛苦猙獰。裂開的側腹血流如注、汩汩溢出，被切斷的腸子脫落在外，如尾巴般拖曳在地。

奄奄一息的猴爪用盡最後一絲氣力回到此處。出於他異常強烈的執念，想在命終前再看深愛的變娘子一眼。

「變……變娘子大人……請、請快點逃……火、火已經燒到這裡了……」

「好醜！」

變娘子激憤痛罵猴爪。

「誰？你是誰？為何這麼醜陋的男人會在這裡？好醜！好醜！好醜！就沒有更好看的男人嗎⁉猗豹在哪⁉玕寶呢⁉叔明出來啊！」

猴爪的背細細顫抖起來。

他猛然抬頭，瞳孔深處閃過不知是憎惡還是悲哀的不祥之光，隨後他手中閃出一道光芒。

下一刻，變娘子的頭劃出血色螺旋，高高飛起。

不久，熊熊烈火開始蹂躪輝煌華麗的八仙樓。過往荒淫背德的歲月、淫樂頹廢的日常、一切的一切，全被灼烈業火吞噬，歸於餘燼。

一個正逃離山林大火的美男子，隱約遠遠看見崩塌的八仙樓內，有個緊緊抱著人頭的矮小男人，一面慟哭、一面手舞足蹈……

十四

天色漸白。

熾烈的火勢也漸漸平息，如今只剩下不斷冒出的濃濃黑煙。

山腳小村中，有個楚楚可憐的身影，撐著傘，擔憂地仰望著山上。

是被奪走未婚夫的地主女兒。

「李青……」

她哀傷低喃。

被淚水浸濕的目光，落在一步步走下山道的藍衣男子身上。是她在山中小廟裡有過一面之緣的銀髮貴公子。

男人朝女孩走來，經過女孩身邊時低聲說道：

「妳的未婚夫——很快就會回來了。」

「咦？」

女孩回過頭時，男人已經走遠數丈了。

此時，光芒從雲隙照入。

眩目天光下，男人瞇起細長的眼，仰望天空。

「呀，雨終於停了。季節也要變了吧……」

初升的朝陽，照著男人說完後離去的背影。

烏雲漸漸散開，露出蒼穹。

大地吹起涼爽的風。

風中，是秋天的氣息。

Kadokawa Light Novels

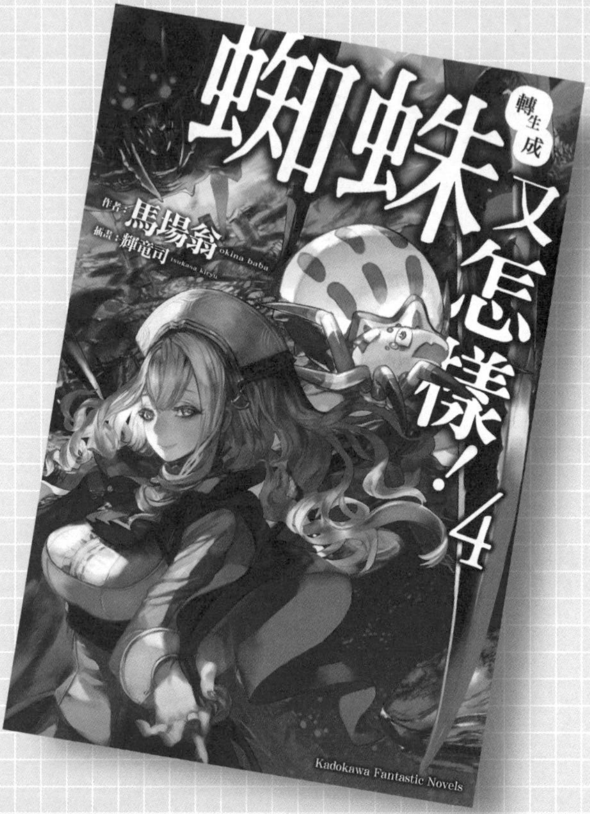

轉生成蜘蛛又怎樣！ 1~4 待續

作者：馬場翁　插畫：輝竜司

蟬聯「成為小說家吧」2015、2016年第1名！
從地下迷宮脫出，享受爽快人生的蜘蛛子被老媽纏上！

我終於來到地上。山上吃樹果，海邊啃水竜，超爽快！可是這種平穩的生活並不長久——本應待在大迷宮最深處的母親找上我了！老媽不管哪一項能力都勝過我，就連我最強大的武器「陷阱」也不例外……蜘蛛子與老媽的激烈死鬥即將在第四集上演！

各 **NT$240~250/HK$75**

Kadokawa Light Novels

Fate/Prototype 蒼銀的碎片 1~3 待續

作者：櫻井 光　原作：TYPE-MOON　插畫：中原

Fate系列最豪華的典藏版全彩插畫小說登場！
騎兵、狂戰士、刺客陣營的聖杯戰爭始動！

刺客、狂戰士及騎兵——這群因聖杯機能而受到召喚，成功現界於東京的使役者，將與各自的主人發展出不同關係。刺客對抗自身矛盾，騎兵揮灑過去君臨天下的傲氣，狂戰士則是與主人聯手，為阻止聖杯戰爭而戰。新的主人、使役者故事將躍然於紙上！

台灣角川

各 NT$280~300/HK$85~90

Kadokawa Light Novels

錢進戰國雄霸天下 1 待續

作者：Y.A　插畫：lack

戰國大發利市！
群雄割據時代即刻開幕！

時值永祿三年，「足利」幕府時代末期。「神奈川號」太空船跨越時空到來。原本在遙遠的未來時代專營宇宙間的貨運事業，突然意外闖進宇宙異次元奔流，因而跳躍了時空。牽扯未來世界之人的群雄割據時代即刻開幕！

NT$200/HK$60

國家圖書館出版品預行編目資料

Thunderbolt Fantasy東離劍遊紀. 外傳 / 江波光則
, 手代木正太郎作. -- 初版. -- 臺北市 : 臺灣角川,
2017.10
　面；　公分
譯自：Thunderbolt Fantasy東離劍遊紀. 外傳
ISBN 978-986-473-921-9(平裝)

861.57　　106014770

Kadokawa
Fantastic
Novels

Thunderbolt Fantasy 東離劍遊紀 外傳

（原著名：Thunderbolt Fantasy 東離劍遊紀 外伝）

2017年11月9日　初版第1刷發行
2020年1月20日　初版第2刷發行

作　者：江波光則、手代木正太郎
插　畫：三杜シノヴ、源覚（Nitroplus）
譯　者：大霹靂

發行人：岩崎剛人
總經理：楊淑媄
資深總監：許嘉鴻
總編輯：蔡佩芬
編　輯：邱瓈萱
美術設計：邱靖婷
印　務：李明修（主任）、張加恩（主任）、張凱棋

發行所：台灣角川股份有限公司
地　址：105台北市光復北路11巷44號5樓
電　話：（02）2747-2433
傳　真：（02）2747-2558
網　址：http://www.kadokawa.com.tw
劃撥帳戶：台灣角川股份有限公司
劃撥帳號：19487412
法律顧問：有澤法律事務所
製　版：巨茂科技印刷有限公司
ＩＳＢＮ：978-986-473-921-9